엄마, 나
시골 살래요!

엄마, 나 시골 살래요!

농촌에서 새로운 삶을 찾는 딸의 편지

초판 1쇄 인쇄	2018년 6월 10일
초판 1쇄 발행	2018년 6월 20일

지은이	ana
발행처	이야기나무
발행인/편집인	김상아
기획/편집	박선정
홍보/마케팅	한소라
디자인	송민선
인쇄	중앙P&L
등록번호	제25100-2011-304호
등록일자	2011년 10월 20일
주소	서울시 마포구 양화로 10길 50 마이빌딩 2층 (121-840)
전화	02-3142-0588
팩스	02-334-1588

이메일	book@bombaram.net
홈페이지	www.yiyaginamu.net
페이스북	www.facebook.com/yiyaginamu
블로그	blog.naver.com/yiyaginamu
인스타그램	@yiyaginamu_
YellowID	@이야기나무

ISBN	979-11-85860-45-9
값	15,000원

이 도서의 국립중앙도서관 출판예정도서목록(CIP)은 서지정보유통지원시스템 홈페이지(http://seoji.nl.go.kr)와 국가자료공동목록시스템(http://www.nl.go.kr/kolisnet)에서 이용하실 수 있습니다.(CIP제어번호: CIP2018017445)

엄마, 나
시골 살래요!

ana 지음

농촌에서 새로운 삶을 찾는 딸의 편지

 이야기나무

목차

나는 시골로
떠난다

나는 2016년 9월을 순창에서 시작했다. 전국귀농운동본부와 순창 군이 주관하는 농촌생활학교 10기에 등록했기 때문이다. 내가 6주간 의 합숙으로 이뤄지는 이 교육을 선택한 데는 몇 가지 이유가 있었다.

나는
· 12년의 서울살이를 정리하며 새로운 터전을 찾고 있었고,
· 도시 생활보단 시골살이를 희망하는 나의 욕구를 발견했으며,
· 요즘 점차 늘어나는 청년들의 귀농·귀촌을 대안처럼 다루는
  사회 분위기의 실체를 확인하고 싶었고,
무엇보다…
· 과연 내가 얼마나 시골에 잘 적응해 살 수 있는지 궁금했다.

그렇지만 내가 6주간의 합숙 교육을 받으러 순창에 가겠다고 엄 마에게 알렸을 때 엄마는 나에게 질문을 쏟아붓기 시작했다. 석사 공

부를 하려고 잠시 서울을 떠난 줄 알았던 딸이 서울로 돌아갈 생각을 하지 않고 있다는 사실이 청천벽력 같았을 것이다.

엄마 : 무슨 교육을 순창 촌구석에서 6주간이나 받는다는 거고?

나 : (귀농이라는 단어는 차마 먼저 꺼내지 못하고) 생태교육 같은 거라서 좀 시골에서 해.

엄마 : 아니 그릉까, 니가 왜 시골서 생태교육을 받겠다는 거냐꼬!?

나 : 그런 쪽에 관심이 많아졌어. 내가 공부했던 것도 다 연관이 돼~.

엄마 : 뭐가 연관이 된다는 겨! 니 취업은 다시 안 할끼가?

나 : (백수로서 살아보는 삶, 한 가지 직업이 아니라 여러 가지 직업을 가지고 사는 방식에 꽂혀 있지만) 하긴 해야지…. 근데 취업하기 전에 이런 교육 좀 받고, 그러고 다른 일을 찾아볼게.

엄마 : 니 보고 대기업 들어가라는 것도 아니고, 돈 되는 일 하고 사는 건 포기했다지만, 그래도 일은 계속해야 할 거 아이가!

나 : (묵묵부답)

답답함과 미안함이 가득했지만, 백수인 나에겐 거금인 40만 원이라는 교육비(39세 미만이라 20% 할인받았다)를 송금한 뒤였다. 뭔 돈까지 들여서 시골살이를 교육받느냐고 하는 친구도 있었지만,

현재의 농촌 사회와 농촌 생활을 안내해 줄 사람이 내 인맥엔 없었으므로… 이 욕망이 내게 적절한 것인지 확인하기 위해서는 시스템이 제공하는 교육에 의존하는 수밖에 없었다. 그렇게 시작하게 됐다. 농촌생활학교를.

그리고 배낭 하나 메고 집을 떠나 순창으로 향하는 버스에서 생각했다.

'엄마에게 매일 편지를 쓰자. 엄마부터 이해할 수 있게 6주간 내가 어떤 경험을 하고 어떤 생각을 하는지 편지를 띄우자.'

지금의 내 마음을 주변 사람들에게 설명하기는 쉽지 않았다. 그리고 그중에서도 엄마는 가장 어려운 대상이었다. 그래서 가장 어려운 상대와 내 경험과 생각을 나누다 보면, 다른 사람들에겐 좀 더 쉽게 나의 이야기를 할 수 있을 것 같았다. 그렇게 시작했다. 농촌생활학교에서 엄마에게 편지 쓰기는….

잘 도착했어요

막막할 땐
시스템에 의존하자

엄마! 전 순창에 잘 도착했어요. 순창은 전라북도지만 전라북도의 가장 남쪽, 전라남도와의 경계에 위치해서 전주보다는 광주에 더 가까운 편이라 광주를 통해 순창으로 왔어요. 대구에서 광주는 2시간 반, 광주에서 순창은 30분이 걸렸어요. 물론! 제가 교육받을 장소인 풍산면까지는 순창읍 버스 정류장에서 또 시내버스를 갈아타고 들어와야 했죠.

사실 풍산면 소재지에 도착하고 좀 놀랐어요. 학교가 운영되는 귀농·귀촌지원센터는 소위 면 소재지 중심가의 상징물인 면사무소

풍산면 소재지를 지키는 풍산이용원

와 보건소 맞은편에 있어요. 그런데 이 주변에는 초등학교와 우체국, 저녁 6시 전에 문을 닫는 작은 하나로마트와 백반집 하나, 그리고 1970년대 세트장에서 옮겨 온 듯한 이용원 하나가 전부인 거예요. '면 소재지인데도 이렇게 아무것도 없는 거야? 여기서 6주를 어떻게 견디지?' 하는 걱정이 덜컥 들었어요.

모임 시작 시각인 오후 2시가 되자, 입소식이라고 해야 할지 입학식이라 해야 할지 모호한 시작 행사가 있었어요. 순창 군청 귀농·귀촌계에서 나온 직원이 순창의 정책을 설명하고, 센터의 소장이 센터에 대한 오리엔테이션을 했죠. 아, 교육생은 총 9명이 모였어요. 남자가 5명, 여자가 4명(하지만 바로 다음 날 남자 1명이 교육을 포기해 버려서 10기 교육생은 8명이었다고 할 수 있어요). 나눠준 교육용 파일에 교육생들의 간단한 인적 사항이 적혀 있었는데, 평균 나이를 계산해 보니 42.5세. 엄마는 또 싫어하겠지만, 내가 막내였어요. 그래도 한국 사회에서 34세가 어느 그룹의 막내가 될 수 있다는 것이 난 신기하기도 하고 기분이 좋았어요. 최근에는 어딜 가도 내 나이가 적은 나이가 아니고, 약간 처치 곤란한 존재가 되는 듯한 느낌이 들곤 했는데 이곳에선 막내 생활을 하게 됐으니 긍정적으로 생각해 볼 수도 있죠. ^^;

어색한 분위기 속에서 입학식이 끝날 때쯤 교육팀장이 한 사람 한 사람에게 환영의 의미를 담은 선물을 줬어요. 환영 선물이 뭐였냐면요, 낫이랑 냉장고 바지였어요! 하하하. 농촌생활학교에선 이런 물건들에 친숙해져야 하는 거죠. 난 우습기도 하고 어색하기도 했지만, 이 입학 선물들이 꽤 마음에 들어요 엄마.

짐을 풀곤 이른 저녁을 먹었어요. 간소하고 정갈하게 준비된 채식 위주의 식사가 입에 아주 잘 맞았어요. 아마 집밥에 대한 그리움이 빨리 생기진 않을 듯해요. 건강하게 잘 먹고 지낼 수 있을 듯하니 걱정하지 마세요.

사람들도 환경도 아직은 그저 낯설어서 저녁 프로그램을 시작하기 전에 동네를 산책하러 나갔어요. 평소에 엄마랑 매일 산책하는 바로 그 해 질 녘이었지만, 걷는 것은 어느 공간을 누구와 함께하느냐에 따라서 이토록 다른 것이 되는가 봐요. 새롭게만 느껴지는 풍경 속에 들어온 나 스스로가 낯설어서 눈에 익은 것을 찾으려고 해 봤어요. 그런데 우리 동네 산책 땐 어디서나 보이는 아파트나 높이 솟은 건물은 하나도 보이질 않고 온 지평선이 논과 밭이고, 2층 높이의 건물조차 찾기가 어려웠어요. 그리고 우리 동네에선 아스팔트길을 걷건, 자전거 전용길이나 산책로를 걷건 자동차와 마주치잖아요. 그런데 어찌 된 일인지 면 소재지를 통과하는 유일한 2차선 차도를 걷고 있어도 차는 몇 대 볼 수가 없었어요. 그래서 용감하게 2차선 한가운

농촌생활학교 입학 선물의 품격

데 노란 중앙선을 따라 걷기도 했죠. (아… 이 해방감!) 이곳에선 정말 해가 사라지고 밤이 오는 소리가 들리는 것 같아요.

ppp

저녁 시간에는 교육생과 센터 운영자들이 모여 자기소개를 했어요. 아… 이런 자기소개 시간 너무 불편하고 어색한데, 모두가 해야만 하는 필수적인 시간이죠. 과거 무슨 일을 하던 사람이었는지 그리고 왜 이 교육에 오게 되었는지를 핵심적으로 소개해야 했어요. 나는 뭐라고 이야기했냐구요?

"전 12년간 서울 생활을 했어요. 그런데 지금은 새로운 삶의 공간을 찾고 있어요. 서울 생활을 하면서 서울이 참 좋기도 했지만 전늘 쉽게 지쳤던 것 같아요. 일과를 마치고 제 방에 들어오면 늘 뭔가 맞지 않는 옷, 어울리지 않는 옷을 입고 살고 있다는 생각이 들었거든요. 그러다가 30대가 되면서 점차 자립적이면서 동시에 의존적인 인간이 되고 싶다는 가치관이 생겼어요. 돈이나 물질문명으로부터 자립해서 내 힘과 의지로 삶을 만들고 싶지만, 기본적인 인간관계와 자연의 순리에는 순응하고 의존하면서 살고 싶은 거죠. 하지만 막상 서울을 벗어나 뭔가 자연에 가깝고 문명에서 먼 곳을 찾다 보면,

내가 과연 농촌 시골 지역에서 살아갈 수 있을까 불안했어요. 그런데 이 교육프로그램을 살펴보니 농사가 중심이긴 하지만 시골살이를 잘하는 방법도 함께 가르쳐 줄 것 같더라구요. 반농반X[1]라는 개념도 소개되어 있고…. 이 교육을 통해 저를 실험해 보고 싶어서 오게 됐어요."하고 3분 스피치를 마쳤어요.

엄마, 엄마가 서울을 벗어나서 시골에 관심을 보이는 엉뚱한 내게 실망하고, 그런 딸의 미래를 걱정하는 마음이 너무 큰 것 같아서 엄마 앞에선 제대로 설명하지 못했지만, 지금 내 마음은 이래요. 모든 관계를 다 끊고 무슨 도인이 될 것처럼 산속으로 들어가겠다는 뜻이 아니에요. 어릴 적 시골에서 자란 덕분에 아는 농부들이 좀 있지만, 농사는 한 번도 지어 본 적 없는 내가 갑자기 직업을 농부로 바꾸겠다는 것도 전혀 아니구요. 그런데 분명한 건 내 몸과 마음이 도시생활을 할 때보단, 자연에 가까이 있을 때 더 행복하다는 거예요. 물

---

1 반농반X란, 농업을 통해 정말로 필요한 것만 채우는 작은 생활을 유지하면서 '하고 싶은 일과 해야 하는 일(X)'을 동시에 추구하는 삶의 방식이다. 농업을 통해 식량을 지속 가능하게 자급함으로써 대량생산·운송·소비·폐기를 멀리하는 '순환형 사회'를 추구하고, 자신의 타고난 재주를 세상을 위해 활용한다는 새로운 생활 양식을 일컫는 개념으로 시오미 나오키의 책 〈반농반X의 삶〉이 대표적으로 이를 설명한다.

론 농촌에서는 이전까지 하던 일과 공부가 연결이 잘 안 될 수도 있겠죠. 그런데 난 이런 확신이 들어요. 시골에서도 내가 평소에 관심 가졌던 일을 할 수 있을 거라는…. 그리고 더 의미 있고 새로운 일을 만들 수 있을지도 모른다는…. (물론 엄마가 그 근거가 뭐냐고 묻는다면 지금은 대답을 못하겠지만요)

그러니까 엄마, 내가 이 교육을 통해서 우선 실험해 볼 수 있게 기다려줘요. 뭐든지 직접 경험하고 부딪혀 깨져봐야지만 이해를 하곤 하는 내가, 오히려 시골살이에 대한 내 생각은 그저 이상이었을 뿐임을 깨닫고 돌아갈지도 몰라요.

내일부턴 본격적인 강의가 시작돼요. 오늘은 이만 줄일게요.

평화. :)

농사가
유행이래요

2
일차

.. 나의 초심을
구체적으로 기록하자

엄마! 두 번째 날, 본격적인 교육이 시작됐어요. 전날 밤에 자기 소개와 간단한 술자리를 한 덕분인지 새로운 사람들이 조금 덜 어색하게 느껴졌어요. 집에선 대체로 아침 식사를 하지 않았는데 이곳에선 공동체 생활이기도 하고, 서울이나 대구 집에서보다 에너지를 많이 써야 할 것 같아서 아침 먹는 습관을 길러보기로 했어요. 실제로 아침에 일찍 일어나기도 했구요. 평소엔 일찍 눈 떠도 9시가 훌쩍 넘은 시간이었는데 오늘은 7시가 되기도 전에 일어나 일정을 시작했거든요. 다음 주부턴 6시부터 교육이 시작되니 더 일찍 일어나야 해요.

시골살이에서 익숙해져야 하는 첫 번째 습관이 일찍 일어나고 일찍 잠자리에 드는 (해가 뜨면 눈 뜨고 해가 지면 눈을 감는) 것이라고 하더라구요. 농사를 짓든, 짓지 않든 농촌 이웃들의 시간 패턴이 있으니까요. 일찍 자고 일찍 일어나는 건 엄마가 내게 제일 많이 하던 잔소리인데…. 엄마 말은 안 듣고 살았지만, 내 의지로 새로운 생활에 도전하게 되니 일찍 일어나게 되네요. 여전히 올빼미형 신체를 타고났다는 사실을 부정할 수 없지만, 앞으론 자연의 시계에 맞춰 지내보고 싶어요. 제 몸이 더 이상 자주 아프지 않고, 건강해지는 방법일지 모른다는 생각이 들어서요.

오늘은 오전, 오후 내내 앉아서 강의를 들었어요. 오전에는 우리나라 귀농·귀촌의 전반적인 현황에 대해서 들었고, 오후에는 도시에 살면서 농사를 짓는 방법에 대해 배웠어요. 오전 강의를 해 주신 전희식 선생님은 전국귀농운동본부 대표도 하셨고, 농촌 생활과 관련된 책도 많이 쓰셨어요. 1994년에 서울에서 직장생활을 관두고 귀농하신 선생님은 우리나라 1990년대 이후의 귀농·생태·대안 교육 흐름의 중심에 있었던 분이세요. 선생님이 우리에게 질문했죠.

"'농촌' 하면 뭐가 떠오르세요?"

교육생들이 답했어요.

"기피의 대상, 희망이 없는 곳, 사람들이 줄어드는 곳…."

선생님이,

"좀 낭만적이고 따뜻한 답변은 없어요?"

그랬더니 한 분이 말했어요.

"어머니. 어머니 같은 곳."

선생님은 그 답변을 듣고 먹먹해진 표정으로 말했어요.

"어머니의 품 같은 이곳 농촌이 왜 이렇게 기피의 대상이 되었을까요?"

산업화 이후 우리나라는 농업을 사양사업으로 치부한 정부 정책에 의해 농촌에 있는 노동력이 모두 도시로 이동했고, 농촌은 기피의 대상이 되어 버렸대요. 선생님은 농촌으로 돌아오려는 우리에게 농촌이 생각보다 더 살 만한 곳임을 알려주고자 했어요.

이미 전 국토의 95% 이상이 도시 수준의 기반 시설을 갖춘 나라. 어머니의 품 같은 땅들을 개발의 대상으로만 여겨온 것은 안타까운 일이지만, 귀농·귀촌이 막막하고 두려운 일임에도 인구가 자꾸 늘어나는 건 어쩌면 그 덕분일지도 몰라요. 요즘은 웬만한 산골 구석구석으로도 찻길이 나서 택배 배달을 받을 수 있고, 어디서든 인터넷 접속도 할 수 있는 세상이니까요. 그리고 군 단위의 각 지자체에서도 군민들의 문화생활 기회를 늘리기 위해서 활발히 노력하고 있죠. 순창만 해도 작년에 순창읍에 영화관과 미술관이 새로 생겼거든요. 이

제 사람들은 농촌에 산다고 해도 예전처럼 첩첩산중 구석에서 세상과 단절된 채 살아간다는 생각을 하지 않는 것 같아요. 나도 그래요. 그래서, 엄마가 30년 전에 경험했던 그때의 시골과는 많이 달라졌기 때문에 나는 겁도 없이 농촌에 살아보고 싶다고 말하는 거예요.

8명 교육생이 각자 이 교육에서 기대하는 것도, 농촌에서 해 보고 싶은 것도 조금씩 다르다는 것을 파악한 전희식 선생님은 강의가 끝날 무렵 이렇게 말했어요.

"(농촌에서 하고자 하는 것이 다 달라도) 농촌에 살면서, 각자 농촌으로 올 때 초심이 뭐였는지 알아야 해요. 아주 구체적으로 농촌에서 어떻게 살고 싶은지 적어 보세요. 농사를 짓는다면 농기계를 얼마나 쓸지, 농약은 얼마나 쓸지 같은 것까지 구체적으로요. 초심을 유지해야만 한다고 말하는 게 아니에요. 초심을 바꿔야 하거나 바꾸고 싶어지면 바꿀 수 있겠지만, 자신의 초심이 무엇인지는 알고 있어야 해요."

내가 농촌에서 살아갈 때의 초심. 아직은 시작하지 않았지만 6주 동안 초심을 찾아 구체적으로 정리해 볼게요. 그리고 엄마에게 제일 먼저 알려줄게요.

내가 시골에서 살아보고 싶다고, 직업 농사꾼이 되겠다는 게 아니라 내가 먹는 건 내가 재배해서 먹고 싶다고 했을 때 엄마가 그랬죠?

"그러면 서울 말고 이렇게 대구 같은 도시에서 직장생활 하면서 주말에 근교 텃밭 농사나 지으면 되잖아!!!"

그것도 가능해요. 오후에 텃밭 강의를 해 주신 박원만 선생님 말로는 도시 농업이 인기래요. 선생님이 텃밭 농사에 관심을 가지기 시작한 게 1997년이었는데, 그때만 해도 이렇지 않았대요. 그런데 10년 전부터는 확실히 변화가 있다는 거예요. 그 증거로 선생님이 2007년에 출간한 〈텃밭백과〉가 꾸준히 판매되고 있다는 것과 자신의 강의 횟수가 증가한다는 것. 그리고 무엇보다 도시농장사업 수익이 꽤 된다는 것을 들었어요. 대전 인근에는 500가구가 분양받는 도시농장들도 있대요. 바쁘게 사는 사람들, 1인 가구 숫자가 늘어나서 직접 음식을 해 먹는 사람 수가 줄어든다고 하지만, 동시에 안전한 먹거리를 찾는 사람들의 수도 늘어나고 있는 거죠. 농사꾼이 되진 않더라도 텃밭 농사를 지어 자신과 가족의 밥상을 돌보고 싶어 하는 욕구, 정기적으로 흙을 밟고 무언가를 가꾸는 생활을 하고자 하는 욕구는 더 증가할 거래요.

아직 텃밭 농사나 농촌살이를 시작한 젊은이들은 많지 않지만, 곧 젊은 층에서도 저 같은 사람들이 늘어날 거라고 생각해요. 텃밭 농사 같은 작은 농사(소농)의 인기가 더 많아지면, 젊은이들 사이에서도 유행이 될 거예요. 그때 저도 뭔가 제 경험을 후배들에게 나눠줄 수 있게 조금 일찍 시작하고 싶은 거예요. 그리고 도시보단 농사꾼 선배들이 더 많아 배움의 기회가 많은 농촌에서 시작하고 싶은 거구요.

PPP

아, 엄마 보여줄 게 있어요! 오늘 열린 순창장(1, 6일장)에서 곧 있으면 시작할 텃밭 실습에 필요한 밭농사 필수품! 무릎까지 올라오는 장화를 샀어요. 엄마는 내가 예쁜 레이스가 달린 셔츠나 살랑살랑하는 치마를 입고 살기를 바라는데…. 나는 이런 작업복을 입고 살겠다고 하니 엄만 또 기분이 별로겠다.

엄마는 매년 계절이 바뀔 때마다 유행하는 새 옷도 좀 사 입고, 다른 아가씨들처럼 멋도 잘 부리는 딸을 원했는데 나는 그런 딸이 아니니까…. 그런데 엄마, 나는 이미 필요한 것들을 거의 다 갖추고 사는 것 같아요. 지난달에 나랑 같이 봤던 다큐멘터리 기억나요? 버려진 옷이나 옷을 만들고 남은 천을 재활용하는 에스토니아 디자이너의 이야기에 나왔잖아요. 청바지 하나를 만들기 위해서 어떤 과정을 거치는지. 얼마나 많은 물을 사용하고 또 얼마나 많은 화학제품이 사용되는지….

새 생활 맞이 쇼핑

"청바지 한 벌을 만드는 데 소요되는 물의 양(10m^2)은 4인 가족이 한 달 동안 사용하는 양과 같죠. 제조에 소비되는 전기는 시간당 9kW인데 세탁기를 최대치로 24시간 동안 돌렸을 때 소모되는 양입니다."[1]

-영화 〈아웃 오브 패션〉 중

"5천 원짜린데 다 그렇지 뭐."

"만 원짜리야, 그냥 올해 유행으로 한 번 입고 버리면 되지 뭐~."

옷이나 신발을 살 때 너무 빨리 결정하고, 너무 쉽게 장에 처박아 두는 버릇이 생긴 건 아니었나…. 이 지구에서 얼마나 많은 옷가지가 만들어졌다가 버려질까요? 만들어질 때도 이토록 많은 물과 화학제품들과 에너지가 사용된다고 하는데, 버려질 땐 또 어떻게 버려질까요? 지금 이 지구에는 내 눈에 보이지 않게 일어나는 일들이 너무나 많은 것 같아요. 아무튼, 그럼에도 불구하고, 오늘 또 새 신을 사 버렸지만…. 이 장화는 오래오래 사용하고 싶어요. 농사일을 열심히 해서 구멍이 뻥 뚫릴 때까지요!!

농사가 유행이 되고 있다는 강사들의 말에 또 한 번 확신을 가지며, 유행은 선도하는 거라며 농사꾼용 신발까지 산 골칫덩어리 딸의 둘째 날이 지나가고 있네요.

내일 만나요, 엄마!

똥도 다
쓸모가 있대요

환경을, 다음에 올
사람들을 생각하는 배려

엄마! 오늘은 머릿속에 새로운 정보들, 유독 칠판에 쓰인 내용이 많았던 날이라 어디서부터 어떻게 정리를 해야 할지 모르겠어요. 아침에도 저녁에도 3시간이 넘는 열정 강의를 들었거든요.

우선 내 이야기부터 하면 엄마, 난 언제부턴가 세상에 해를 끼치고 싶지 않다는 생각을 자주 했어요. 인간으로 살면서 완전무결하게 주변 사람들에게 그리고 주변의 환경에 전혀 피해를 주지 않고 살 순 없겠지만, 그 피해를 줄일 수 있는 한 최대한 줄이고 싶다는 마음이 컸던 것 같아요. 그런데 어떻게 해야 할지를 몰랐어요. 〈반농반X의 삶〉이란 책에서 소개하는 한 청년 귀촌자의 고백이 어쩌면 나랑 비슷한 것일지도 몰라요.

> **"농민을 존경했습니다. 그러나 무의식중에 농민과 나 사이에 경계선을 긋고 멀리서 바라고만 있었던 겁니다. 심심하면 농업과 환경문제를 들먹이고 탁상공론을 펼쳐서 자기만족에 취하면서도 해결은 전부 경계선 너머의 일로 미루고 있었던 거죠."[2]**

그렇게 머리로만 알고, 말로 비판만 했는데…. 정말 환경과 생태계를 걱정하는 마음으로 살고 싶다면, 나도 경계선을 넘어야 할 것 같아요. 농촌에서 산다고 그 경계선을 넘는 것도 아니고, 도시에 살면서도 환경에 피해가 적게 가도록 예민하게 살 수 있으니까, 사실 어디에 사느냐가 문제의 핵심은 아닐 거예요. 그렇지만 한 가지 막연하게 드는 생각은… 자연 가까이 살면서 자연에 의존하는 부분이 생기면 미루는 정도가 줄어들 것 같아요. 물론 아직 그 경계선을 정말 넘어설 수 있을지를 확신할 수 없어서 이 교육을 듣겠다고 결정했으니 더 지켜봐야죠.

그런 면에서 오늘 수업들은 '어떻게 하면 다음에 올 사람들을 배려하며 살 수 있을까? 내 주변 환경이라도 덜 파괴하고 지속 가능하도록 하려면 어떻게 해야 할까?'에 대한 답을 찾고 있는 내게 큰 도움이 되었어요.

ppp

'우리는 그동안 너무 많이 일하고 너무 많이 먹었다'라는 카피가 인상적인 책, 〈자립인간〉의 저자 변현단 선생님의 강의를 들었어요. 선생님은 우리에게 집 인근에 소규모로 자연농을 할 때 얼마나 순환적인 삶의 사이클을 만들 수 있는지를 보여주셨어요.

〈가이아의 정원〉[2]이란 책에 소개된 생태정원이 있어요. 생태정원이란, 인공적인 공간도 자연이 본래 가진 기능을 유지할 수 있게 해주면 그 공간의 모습이나 작동하는 방식이 자연과 같아지는 것을 말해요. 주변 환경을 훼손하지 않는 것은 물론이고, 물과 흙 그리고 그 공간을 찾아오는 다양한 곤충과 동물들이 연결되도록 해서 농작물을

---

2 토비 헤멘웨이가 쓴 〈가이아의 정원〉은 가정 단위에서 퍼머컬처 디자인을 적용해 생태정원을 가꾸는 방법을 안내하는 퍼머컬처 입문서다. 퍼머컬처(Permaculture)란, '영속적인 문화(Permanent Culture)'와 '영속적인 농업(Permanent Agriculture)'의 축약어로, 자연 그대로의 모습을 모방하여 지속 가능한 인간 거주지를 만들려는 일종의 생태디자인 방법론이다.

경작하면 생산성도 높아진대요. 이 책을 쓴 작가는 넓은 땅을 가지고 있지 않아도 주택의 뒷마당이나 앞마당에 생태정원의 시스템을 만들어 활용할 수 있다고 강조해요. 집에서 나오는 쓰레기나 분뇨를 이용해 흙의 힘을 키우고, 여러 생활 폐수를 정화할 수 있는 식물들을 통해 다시 정원 식물들에게 공급하는 방식으로 물을 절약하는 등 일상적인 가정생활이 정원과 함께 순환 생태계가 되도록 하는 거예요.

변현단 선생님은 전남 곡성 자신의 집터에 이런 생태정원의 모습을 닮은 한국식 공간을 만들어가고 있대요. 선생님은 되도록 육식이나 술을 피하는데, 자신의 분뇨가 농작물에게 귀한 거름으로 사용되기 때문이에요. 또 화학용품(샴푸, 보디클렌저, 식기세척액 등)을 사용하지 않으려고 노력하는 것도 생활 폐수가 농작물이 있는 땅으로 흘러가 재사용되기 때문이죠. 인간의 똥과 오줌마저 다 쓸모가 있다는 사실! 이 사실이 난 너무 반가웠어요. 인간으로 세상에 와서 쓰레기만 만들고 간다고 생각했는데…. 사실 그 쓰레기 중 무시할 수 없는 게 분뇨잖아요. 그런데 이 분뇨도 자연의 자정적 흐름 속에선 큰 문제가 되지 않는다는 게 다행이었어요.

농사도 매해 실험처럼 여기며 새로운 방식을 도전하고 있다는 선생님은 올해 드디어 무농약 농사에서 한 걸음 더 나아가 풀을 뽑지 않는 농사 실험을 하셨대요.

"생각해 보면 우리 옛글이나 역사서 어디에도 김매기를 했다거나 잡초를 뽑았다는 표현은 없어요. 그런데 농사를 지을 때 가장 무서운 게 뭐냐 물으면 다들 말해요. 풀, 잡초라고."

선생님은 풀도 자연의 일부라서 꼭 제초제를 쓰거나 뿌리째 뽑기 위해 엄청난 노동력을 투입하지 않아도 땅에 힘이 있고 땅의 특성을 농부가 알고 있다면 작물은 그 사이에서 잘 자랄 수 있다고 하셨어요. 엄마랑 나랑 마트에 가면 늘 친환경과 유기농이 뭐가 다른지 이야기하곤 했잖아요. 친환경 농산물은 화학농약을 사용했지만, 인체에 유해한 기준인 고독성 수준엔 미치지 않게 재배된 것인 반면 유기농 농산물은 화학농약이 아닌 식물이나 광물에서 추출한 대체물로 벌레나 해충을 막으며 생산된 것이라고 해요. 생태계를 고려히고 더 건강한 먹거리를 고민하는 농부들 사이에선 벌레나 해충, 잡초를 막는 농약을 일절 사용하지 않는 무농약 농산물, 한발 더 나아가 잡초까지 허용하는 시도가 있다는 게 좀 놀라웠어요.

그리고 보니 도시에 살면서 힘든 것 중 하나가 끝도 없이 만들어지는 쓰레기를 바라보는 것이었어요. '우리나라는 재활용을 세분화해서 꽤 잘하는 편인데 뭘 그러냐~'라고 하겠지만, 재활용이 되는 쓰레기라고 해도 그 양이 어마어마하고 무엇보다 음식물 쓰레기의 양은 늘 마음의 짐 같았어요. 도시에서 넘쳐나는 식재료들은 대규모로 경작되어 저가로 팔려간 농산물들인데, 조금만 싱싱해 보이지 않아도 사람들이 선택하지 않아서 남은 식품들은 그냥 버려지기 일쑤였죠. 쉽게 선택된 음식들은 늘 쉽게 남아 버려지니까요. 그런데 나만의 작은 생태정원을 만들어 나와 내 가족을 위한 기본적인 농산물을 생산한다면 좀 달라질 것 같아요.

엄마, 나 한 명이 어떻게 세상을, 그리고 지구를 살릴 수 있겠어요. 내가 음식물 쓰레기를 거름으로 쓰며 양을 줄이고, 내 텃밭에서 나는 생산물을 직접 먹음으로써 마트에서 구입할 때면 어쩔 수 없이 함께 딸려오는 여러 포장 물품들에서 벗어나 일반 쓰레기를 줄인다고 해서, 이 지구를 숨 막히게 하는 쓰레기가 얼마나 줄겠어요. 그렇지만 난 조금이라도, 세상과 지구에 이로운 편에 서 있고 싶어요.

PPP

저녁에는 유전자 변형 농산물(GMO: Genetically Modified Organism) 확대의 심각성과 그에 대한 대안으로 토종씨앗운동을 10년째 하고 있는 김은진 교수의 강의를 들었어요. 낮엔 대학에서 강의를 하고 오셨을 텐데, 저녁 7시부터 10시까지 단 한 번도 쉬는 시간 없이 또 수업을 하는 선생님은 엄청난 에너지의 소유자였어요.

엄마가 가끔 묻곤 했죠? 대체 무슨 석사 학위를 한 거냐고…. 태국에서 다양한 것들을 배웠는데, 그중 하나가 농업과 먹거리 문제를 성장 위주의 개발 논리와 함께 고민해 보는 공부였어요. 사람들은 인간 세상이 '발전'한다고 할 때 흔히들 경제적인 성장이나 물질적인 풍요를 생각하는 것 같아요. 물론 나 역시 그런 논리가 팽배한 한국, 그것도 서울에서 대학 공부를 하고 직장생활을 했으니 그런 사람 중 하나였죠. 그런데 내가 석사 첫 학기 내내 했던 것이 바로 '발전'을 그런 논리로 보지 않는 연습이었어요. 발전이나 개발(영어로는 두 단어 모두 development예요)이라는 개념이 경제적 성장으로 획일화되지 않고, 오히려 경제적 성장이 낳은 부작용에 의해서 인간 사회가 받는 악영향들을 찾아보는 것이었죠. 그 대표적인 경우가 바로 먹거리였어요.

동남아시아는 워낙 땅이 넓고 날씨도 식물이 자라기 적합해서 사회적으로 농업이 차지하는 비중이 커요. 그런데 동남아시아에도 이런 개발의 논리가 자본주의 흐름과 함께 퍼져나가니, 지금까지 유지해왔던 농업과 관련된 많은 부분이 파괴되었어요. 전통적인 농업기술, 농촌 공동체, 식문화 그리고 본래 그 땅에서 자유롭게 자랐던 다양한 종자들이 사라지고 있죠. 그중에 가장 무서운 건 농업 기반을 흔드는 다국적기업들이 엄청나게 깊숙이 팔을 뻗치고 있다는 거예요.

예를 들면, 몬산토(Monsanto) 같은 회사예요. 몬산토는 원래 농약을 만드는 회사였어요. 그런데 세계 곳곳의 농부들에게 농약을 이용해서 대규모 농사(플랜테이션)를 짓도록 유도하면서, 동시에 이 농약에만 반응하도록 유전자를 변형한 종자들을 판매하는 사업으로 그 영역을 확대했어요. 물론 농촌과 농업이 파괴된 것은 '저 회사 종자를 뿌리고, 저 회사 농약만 쓰면 작물이 벌레는 적게 먹고 수확량은 늘어난다니! 더 넓은 땅에 더 많이 심어서, 더 많은 돈을 벌자!'라고 기대한 농부들의 개발 욕망이 초래한 결과라고 할 수도 있어요.

하지만 몬산토는 각 나라의 토종종자회사들을 합병하고, 자신들이 유전적으로 변형한 종자를 대량생산해서 농부들이 그 종자에만 의존하게 만들고 있어요. 이건 인류에게 필요한 가장 기본적인 것, 먹거리를 위한 씨앗을 이용해 이윤을 챙기는 것이니까… 확대, 성장해선 안 되는 기업 같아요. 그런데 몬산토 말고도 듀폰(DuPont), 신젠타(Syngenta) 등 유사한 다국적기업들이 여럿이라고 하니 2014년 기준으로 전 세계 경작지의 10% 넘게 뿌려진 GMO 종자의 사용이 아마 더 급속하게 확대될 것 같아요. 세계적으로 GMO 종자가 토양과 기존 생태계에 미치는 영향, 넓게는 이런 다국적식량기업이 농촌 사회에 미치는 폐해에 대해서는 이미 많은 연구가 나와 있어요. 그리고 GMO 식품의 위험성도 이미 많은 매체에서 다루고 있고요.

그렇지만 우리 사회에서는 크게 확대되진 못한 것 같아 걱정이에요.

　우리나라는 아직 GMO 종자를 사용해 농산물을 재배하진 않지만, 엄마도 알다시피 우리가 일상에서 먹는 식품 중엔 수입산이 많잖아요. 수입하는 식료품 중 콩, 옥수수, 유채 등을 대량으로 재배하는 지역들은 GMO 종자를 사용하는 경우가 많을 거예요. GMO 식료품은 표시제를 원칙으로 하고 있어 수입산이라도 확인할 수 있지만, 고추장, 간장, 두부, 식용유, 과자 등의 가공식품에 어떤 원부자재를 사용하는지 알려주는 '완전 표시제'는 아직 시행되지 않으니 소비자는 모든 걸 알 수 없어요. GMO 식품을 무조건 위험하다며 불안이나 공포를 조장하고 반대할 필요는 없지만, 여전히 그 안전성을 확신하지 못하는 상황에서 먹거리에 대해 제대로 알고 선택할 권리는 확보되어야 한다고 생각해요.

　이렇게 우리 농촌 사회가 다국적종자기업들로부터 자유롭지 않고, 우리 먹거리도 안전하지 않은 현실에서 김은진 교수는 당장이라도 할 수 있는 일을 농촌 사회와 함께 실천하고 있는데, 바로 토종씨앗운동이에요. 이제 우리네 농촌은 발전할 가능성이 없다고 한탄하는 사람들이 많지만, 그럼에도 불구하고 남아 있는 토종씨앗들이 자본중심 개발과 성장의 논리에 의해서 영영 이 땅에서 사라지지 않도록 토종씨앗들을 모으고 재배를 확대해 나가도록 권장하는 거죠.

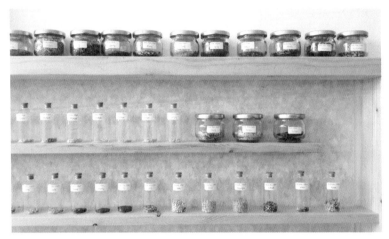

순창 지역의 토종씨앗 모임에서 모으는 다양한 씨앗들

"사라져 가는 토종씨앗들을 모으고 있어요. 우리 땅의 토종씨앗들은 신기하게도 대규모 농사꾼들의 땅에선 찾기 어렵고, 여전히 자급자족 방식으로 텃밭을 일구는 할머니들의 땅에서 대부분 발견돼요. 농사를 시작할 때마다 씨앗이나 모종값이 엄청 든다고 하는 말이 무색하게 할머니들은 매해 씨앗을 받아 뒀다가 다음 해 농사에 다시 사용하고, 새로운 작물을 키워 보고 싶을 땐 이웃 텃밭에서 나온 씨앗과 교환하는 방식으로 농사를 지으세요. 그래서 토종씨앗이 남아있는 거죠. 토종씨앗을 모으는 일 말고도, 재배를 확대하려고 토종씨앗을 받아 심기도 권유하는데 단, 조건이 있어요. 반드시 재배 후에는 씨를 받아서 모임에 환원해야 해요."

난 아직 농사의 '농' 자도 모르지만, 벌써 내 작은 밭에 다양한 토종씨앗들을 뿌려 내가 알고 있던 맛이나 모양과는 조금은 다를지 모를 토종작물들을 만나고 싶다는 꿈이 또 생겼어요. 아, 엄마는 어릴 적에 먹어 봤을지도 모를 그 맛을 내가 언젠가 다시 만나게 해 줄게요.

나 다음에 올 사람들, 그다음 세대들에게 뭔가 작게나마 도움이 되는 삶을 살다 가는 방법은 다양할 테고, 또 이미 위대한 결과물들로 세상에 도움이 되고 있는 사람들도 많겠지만… 오늘 발견한 나의 방법은 이런 작은 실천들이에요. 엄마. 나, 그렇게 살 수 있으면 참 좋겠어요.

그럼 오늘의 긴 편지는 이만 줄일게요. 잘 자요, 엄마.

크기와 모양이 요즘 흔히 볼 수 있는 고추와는 좀 다른 이 녀석들은 두 가지 종류의 토종고추다.

남들은 뭐래도, 난 이런 소소한 것들이 하고파요

4
일차

피할 수 없는 욕망을 미루지 않기

엄마! 오늘 교육은 아주 다양했어요. 오전에는 음식을 만들어 먹었고, 오후에는 농사일을 할 때 필요한 기술 중 하나인 농기계를 다루는 실습을 했고, 저녁에는 (엉뚱하게 들릴지 몰라도) 농촌에서 부동산을 거래할 때 필요한 기초 상식을 배웠어요. 우선 오전에 했던 '요리조리'라는 수업을 좀 소개할게요!

자연에 있는 대부분의 식물이 우리 식탁에 오를 수 있다는 생각으로 새로운 자연식 요리법들을 연구하는 김혜정 선생님은 수업을 시작하자마자 녹색이 가득한 바구니 하나를 보여줬어요. 수업 시작

전에 센터 주변을 산책했는데, 그때 선생님 눈에 들어온 식재료들이래요. 물론 9월 초엔 웬만한 시골 텃밭에만 가도 다양한 풀(?)이 많지만, 선생님은 텃밭이 아니라 센터 뒷산과 밭 사이를 다니면서 그 식재료들을 획득했대요. 뽕잎부터 두둑마다 자라고 있는 호박잎, 열매만 주로 수확해서 버려지기 쉽다는 콩잎과 고춧잎, 잘 발견하기 어렵다는 산초 열매 그리고 처음 보는 풍년초, 고들빼기, 명이주잎 등등. 이것들을 이용해서 우리의 점심을 준비했어요.

뽕잎과 호박잎으로는 쌈밥을, 두부는 지져서 산초 간장에 곁들이고, 가난해서 먹을 게 없던 시절에나 만들어 먹었다던 장떡은 각종 잎과 고추로 장식하고, 찹쌀 반죽에 찐 단호박을 으깨 넣어선 노란 새알을, 먹다 남은 포도를 끓인 즙을 부어선 보라색 새알을 만들어 경단 디저트까지 준비했어요.

우리 손으로 직접 만들어서 그런지, 요리 직전에 수확한 신선한 재료들로 만들어서 그런지, 아니면 건강한 음식을 여럿이 함께 먹어서 그런지 점심이 정말 맛있었어요.

선머슴 같은 딸이 이렇게 요리에 관심을 가진다는 게 놀랍죠? 그런데 난 언제부턴가, 뭔가 대단한 음식을 할 수 있는 요리 실력은 아니어도 직접 만든 음식을 다른 사람들과 함께 나눠 먹을 때의 기쁨에 빠져 있어요. 그래서 요리를 배우고 싶다는 욕구가 있었던 것 같아

1 점심 밥상에 사용한 우리 주변의 풀잎들   2 뽕잎, 호박잎 쌈밥   3 색과 맛이 다양한 경단   4 잎을 올려 부친 장떡
5 산초 간장으로 조미하고, 꽃잎으로 장식한 두부전

요. 그리고 오늘 아침에는 자연에서 온 재료들을 이용해 다양한 방법으로 먹을 수 있다는 사실을 알아서, 좀 행복했어요.

ppp

배가 부를 대로 불러 귀차니즘이 몰려왔지만, 오후 수업을 해야 했죠. 2014년 초 제천으로 귀농해서 살고 있는 류지수 선생님은 오늘과 내일 우리에게 주요 농기계를 사용하고 간단히 수리하는 방법을 알려 주신다고 하셨어요. 예초기, 기계톱 그리고 관리기. 세 종류의 농기계를 선생님의 안내대로 분해도 해 보고, 작은 원인으로 고장난 기계들을 수리해 보기도 했어요.

"사실 큰 농사를 짓지 않는 경우에 사용하는 농기계들은 정해져 있어요. 우선 사용한 뒤에 관리만 잘하면 큰 고장이 날 확률은 낮죠. 그리고 특별한 경우를 제외하면 대체로 이렇게 간단히 수리해서 고칠 수 있구요. 그런데 그걸 할 줄 모르면, 한창 바쁜 농번기에 고장난 기계를 들고 읍내 수리점까지 가서 수리를 받아야 하는데 그렇게 하면 하루가 다 날아가요. 저도 그랬구요. 수리비용도 비용이지만, 그 시간이 아까워서 사용 설명서와 농업기술센터에서 나온 자료들을 구해서 공부하기 시작했죠. 이젠 대체로 수리가 가능해졌고, 그걸 아신 동네 어르신들은 읍내로 나가기 전에 저부터 불러서 확인을 하세요. 덕분에 동네 분들에게 인심도 얻었죠."

이렇게 말하며 센터에서 준비해 놓은 고장 난 기계들을 척척 해체하고 부품들을 자신 있게 손질하는 선생님의 모습이 행복해 보였어요. 자신이 일상에서 다루는 물건들 하나하나에 대해서 제대로 이해하고 있는 사람이 얼마나 될까요? 언제부턴가 우리는 내가 늘 사용하는 것들 각각에 관심을 가지고, 살펴보는 경우가 거의 없는 것 같아요. 물론, 현대인이 사용하는 물건 중에는 복잡한 원리로 만들어져 알기 어려운 것들도 있지만, 그보다는 물건이라는 것이 점차 '돈을 주고 사는 것' 그 이상도 이하도 아닌 게 되어버려서인 것 같아요. 그렇지만 선생님은 내가 일상에서 사주 사용하는 것들온 어느 정도 스스로 알고 잘 관리해야 한다고 생각하는 사람이고, 그렇게 하고 있기에 그간 쌓은 노하우를 우리에게 전수하며 행복해하는 거겠죠?

농기계를 다루는 놀라운 솜씨에 난 선생님이 귀농 전엔 기계와 관련된 일을 하던 분이라고 예상했어요. 그런데 선생님은 저녁 시간, 농촌 지역에서 집과 땅을 거래할 때 필요한 상식을 강의하러 다시 나타나셨어요. 기계를 다루는 일과는 전혀 상관없는, 공인중개사 일을 하던 분이었다니! 선생님은 농촌에서 땅이나 집을 살 때 주의해야 하는 사항들을 안내해 줬어요. 예를 들면, 도시에 있다가 시골에 오면 땅도 집도 너무 싸게 느껴질 수 있대요. 그럴 때 덜컥 사 버리기보단 자기가 정한 지역에 좀 살아보면서 천천히 결정하는 것이 좋대요. 귀농·귀촌인들이 몰려 가격이 오른 지역도 많지만, 여전히 시골의 시세는 현지 사람과 거래할 때와 외지 사람과 거래할 때 가격 차이가 크기 때문에 자칫하면 바가지를 써서 구입할 수도 있으니까요. 그리고 땅을 살 때는 그 땅이 도로 접근이 전혀 안 되는 맹지는 아닌지, 전기나 상수도 문제는 없는지 꼭 확인해야 한대요. 실제로 차로 접근이 가능한 도로가 있어서 땅을 샀는데 지적도상에는 그 길이 없는, 그러니까 주민들이 임의로 만든 길이라 그 길을 사용할 수 없는 경우노 있었대요. 그러니 농촌에서의 부동산 거래는 천천히, 주변 사람들에게 여러 사실을 확인하면서 해야 할 것 같아요.

선생님은 현재 전문적으로 공인중개사 일을 하진 않지만, 종종 주변 귀농인들의 거래를 상담해 주신대요. 역시, 자신의 특기를 잘 활용하면 (귀농해서도) 나도 그리고 남도 도우며 살 수 있나 봐요!

PPP

동기들은 서로 부쩍 친해졌어요. 시골의 밤은 길고 또 깊다는 말처럼 하루 교육이 끝나고 나면 우린 숙소에 모여서 이야기꽃을 피웠어요. 오늘은 술도 한잔했죠. 막내인 나는 아직 귀농을 결정하지 않았지만, 다른 동기 언니 오빠들은 모두 교육이 끝나면 거의 바로 귀농할 생각을 하고 있어요. 그런데 오늘 한 언니가 내게 묻는 거예요.

"그런데 아나, 아나는 정말 귀농해도 괜찮겠어? 솔직히 아직은 어리잖아. 야망 같은… 그런 거 없어?"

혁. 갑자기 엄마가 내 앞에 있는 줄…. 그런데 다른 동기들 몇몇도 인생 1막을 끝내고 2막을 준비하려는 자신들과는 시기적으로 차이가 많이 나는 내가 이런 교육에 들어와 있는 게 희한했나 봐요. 내가 훅- 펀치를 맞은 것 같은 표정을 짓고 있으니 다른 동기가 화제를 돌리긴 했지만, 지금도 계속 머릿속에 맴돌아요. 아마 이 질문…. 엄마도 내게 하고 싶었던 질문이 아니있을까? 하는 생각과 함께.

아직은 30대. 사람마다 기준은 다르지만 인생 2막을 준비한다고 하기엔 뭔가 어리다고 여겨지고, 쌓아놓은 인맥과 경력을 이용해 (취업이 쉽지는 않지만) 뜻하는 일을 펼쳐 앞으로 죽죽 나아가야 한다고 여겨지는 나이. 그런 나이의 내가 농촌 지역으로 간다는 건 뭔가 어색하고 희한하게 여겨진다는 것을 이 교육에서 만나는 사람들을 통해서 더 잘 알겠어요. 그런데 엄마, 나는 야망이 없어요. 그러니까… 사람들이 흔히 말하는 기준에서의 야망은 별로 없는 것 같아요. 그렇다고 꿈이 없다거나, 삶의 욕심이 없는 건 아니에요. 다른 차원의 야망(!)이라서, 사람들이 야망이라고 인정해 주지 않을 것 같아서, 말하지 않을 뿐이죠.

난 남들이 보기엔 별것 아닐지 모르지만 오늘 그랬던 것처럼 건강한 음식을 요리해 사람들과 함께 나눠 먹고, 내가 쓰는 물건들을 잘 알고 제대로 쓰며 행복해하는…. 그런 소소한 것들이 하고 싶어요. 그런 종류의 욕망은 끊임없이 내 마음에서 솟아나고 있어요. 기억을 거슬러 올라가 보면, 스무 살에 도시 생활을 시작했을 때부터 이런 종류의 소소한 욕망이 점차 점차 늘어났던 것 같아요. 그렇지만 남들에게 말하기엔 뭔가 별것 아닌 것들뿐이라서 그 욕망을 모른 척했죠. 그런데 이제 더는 그 욕망을 미루고 싶지 않아요. 인생에 1막, 2막이 어디 있고, 청춘이라는 게 꼭 어느 시기로 정해지는 건 아니잖아요. 그냥 오늘 하루가 바로 내 인생이고, 그 인생에서 생기는 이 욕망을 누리면서 살 때 행복해지는 것이구요.

엄마 오늘 하루, 난 행복했어요. 엄마도 행복했길….

내일 만나요! :)

손길이 닿으니
바뀌었어요

가장 귀한 보물은
바로 나의, 사람의 손

엄마, 오늘은 어제 배운 농기계들을 사용해 보고 다음 주부터 본격적으로 시작할 아침 텃밭 실습 준비를 위한 기초 작업을 했어요. 그리고 이 두 가지 교육의 실체는 온종일 '밭에서의 전쟁'으로 이뤄졌죠. 그래서 몹시 피곤해요. 순창에 온 지 5일 만에 몸을 제대로 쓴 것 같아요. 그런데 웬 텃밭이냐구요? 알고 보니 농촌생활학교에는 교육생들이 6주라는 짧은 기간에 대단한 농사를 실습하진 못해도, 텃밭 실습 정도는 해야 한다는 교육 목표가 있었더라구요. 그래서인지 교육팀장은 첫날부터 종종 우리에게 필요한 땅을 준비해 뒀다고 말하곤 했는데, 오늘 아침 드디어 그 땅을 봤어요. 그리고 우린 모두 경악했죠.

다들 얼마나 놀랐으면 처음 봤을 때 상태를 사진으로 찍은 사람이 아무도 없더라구요! 그래서 처음과 현재를 비교할 수 없는 게 너무 안타까운데…. 정말이지 단 몇 달만 그냥 버려둬도, 땅이 어떻게 변하는지 극명하게 알 수 있는 상태였어요.

우리 교육팀장은 센터가 사용할 목적으로 올봄에 이 땅을 빌려서 고추를 4줄, 그리고 목화를 반줄 정도 심었대요. 그런데 뜨거워진 여름날, 센터 일은 점점 많아지고 고추를 돌볼 시간은 부족하고…. 그렇게 자일피일 밭일을 미루다 보니 자연스럽게 자연농(?!)처럼 내버려 둔 상태가 되었는데, 여름이 지나갈 무렵이 되니 밭이 거의 밀림이 되어 버렸다는 거예요. 그래서 9월에 시작하는 교육을 준비하며, '아! 이 정도 상태라면 농사를 처음 시작하는 기초 작업부터 실습할 수 있겠구나!' 하는 교육 담당자로서는 적합하지만, 농부로서는 적합하지 않은 아이디어를 떠올린 거죠. 그리하여 8명의 교육생과 농기계 실습을 해 주러 오신 류지수 선생님은 밀림 같은 밭과의 사투를 벌이게 됐어요.

땅이 밀림처럼 됐을 때 필요한 농기계는 바로, 예초기예요. 유난스럽게 덥고 뜨거웠던 여름을 이기고 자란 녹색의 꿍장함을 파괴하

50

온종일 작업한 덕분에 드러난 땅의 모습. 처음엔 밭 끝에 있는 비닐하우스가 보이지 않았다.

기가 쉽지 않아 보였지만, 기계의 힘 또한 대단하니, 어른 키만큼 높이 자란 풀들도 예초기의 칼날이 닿을 때마다 스르륵 스르륵 쓰러져 갔어요. 어제 작동원리도 배우고 간단한 해체 작업도 해 봤지만, 실제로 예초기를 메고 풀을 베는 건 전혀 다른 차원이었어요. 특히 예초기의 칼날이 주는 공포감이 엄청났어요. 선생님은 예초기를 사용할 때 반드시 착용해야 할 보조장비들을 하고, 예초기를 작동시켜 한 명 한 명 밀림 앞에 서 볼 수 있게 도와줬어요. 선생님은 농기계라고 꼭 남자들만 사용하는 건 아니라면서 기본 작동원리를 알고, 필수 보조장비들만 잘 착용하면 여자들도 농사지을 때 기계를 이용할 수 있다는 걸 강조하셨어요.

한쪽에서 예초기를 이용해서 풀을 제거하는 동안 다른 쪽에선 손으로 고추를 수확했어요. 사실 처음 이 땅에 왔을 땐 고추가 잘 보이지 않았어요. 잡초들이 무성한 데다 시들어 버린 나무들이 많았거든요. 모종을 심기만 하고 제대로 자라도록 돌봐주지 못했다지만, 자연이 주는 햇빛과 빗물 그리고 땅이 주는 에너지만으로도 고추가 꽤 열렸더라구요. 심을 때 토종고추로 두 종류를 심었다더니 정말 두 가지 모양의 고추들이 보여서 신기했어요.

고추가 있던 자리에 우리가 실습할 배추니 비트, 양배추 등을 새로 심을 예정이라서 고추나무를 뿌리째로 뽑아 없애야 했어요. 그래

버려진 고추나무들이었지만, 본니 지니고 있는 힘과 지연의 도움으로 수확물을 얻었다.

서 우린 고추나무를 뽑고 거기 달린 고추 중에 먹을 수 있는 것들을 따기로 했죠. 고추나무 4줄을 다 뽑아내고 모여 앉아 고추를 하나하나 따기 시작하는데 동기 언니가 말했어요.

"고추는 정말 손이 많이 가. 이게 이렇게 따는 게 끝이 아니잖아. 잘 말리는 것도 정말 어려워서 아침에 볕이 좋을 때만 널어 말리다가 해가 지면 거둬들이기를 가을 내내 해야 하는데, 갑자기 비라도 올라치면 뛰어가야 하지. 비나 서리 맞지 않게 늘 신경을 써야 하니까…. 그렇게 겨우 말리고 나면 다 하나씩 손으로 닦고 꼭지도 따고 나서야 방앗간에 가 빻아서 만들어 내는 게 고춧가루니까…. 고춧가루가 비싼 건 당연해 정말."

뽑아낸 고추나무에서 괜찮은 고추들을 다 따서 아직 파란 것들은 요리에 쓰게 주방에 가져다주고, 빨갛게 잘 익은 것들은 가을볕에 말렸어요. 교육센터 마당에 우리가 (농사짓진 않았지만) 수확한 고추들을 널어 말리니 괜히 마음이 풍성해지고 뿌듯해지는 게… '이런 마음에 농사를 짓는구나.' 하는 생각이 들었어요.

ppp

텃밭에 예초기나 돌리고, 고추를 땄을 뿐인데 뭐가 그리 힘들었냐구요? 예초기로는 밀림에서 원래 땅의 모습을 드러내는 것까지만 할 수 있지, 텃밭에 새 농사를 지을 준비까지 할 수 있는 건 아니었어요. 아침 8시부터 오후 3시까지 밭에 있던 고추, 목화 그 외 재배하지 않았던 각종 풀을 (가능한 한 뿌리째) 모두 밭에서 사라지게 하는 것. 그 풀들이 잘 마르도록 모아서 쌓는 것. 고추 농사를 위해 씌워둔 비닐 주변을 정리하는 것(상태가 양호한 비닐은 남겨두기로 했어요).

이 모든 것이 오로지 '사람의 손'으로만 가능한 것이었죠.

9월 초라고 하지만 여전히 여름의 기운이 강한 날씨라 해가 너무 뜨거워서 우리는 밭에서 30~40분 일하고 그늘에서 잠시 쉬었다가 다시 일하기를 반복해야 했어요. 그런데 그때마다 확실히 보이는 거예요. 사람의 손길이 닿은 곳은 달라졌어요. 우리 중 누구 한 명이라도 지나간 자리와 아직 누구의 손길도 닿지 않은 곳이 확연히 구분됐죠. 햇볕 아래에서 일할 때는 그늘이 너무 그리워서 얼른 쉬고 싶다가도, 그렇게 달라진 밭을 바라보고 있자면 일할 힘이 생기는 것 같았어요. 그늘에서 마시는 물 한 잔의 시원함도 컸지만, 손길이 닿을 때마다 달라지는 변화가 주는 그 기쁨이야말로 우리가 하루 만에 밀림 같던 텃밭을 재정비하게 한 원동력인 것 같아요.

마침내 텃밭의 원래 모습이 드러났을 때 나도 모르게 내 손을 봤어요. 물론 내 손만이 아니라 여러 사람의 손들이 함께 이뤄낸 결과였죠. 모든 일이 그렇겠지만, 농사는 더욱 그런 거 같아요 엄마. 가장 귀한 보물은 바로 나의 손이고, 사람들의 손들이라는 것. 그 손이 만들어 내는 변화와 결과가 분명한 일이라서 농사를 정직하다고 하나 봐요.

PPP

땀 흘리며 하던 일을 마친 뒤, 온몸의 흙먼지를 씻어내고 다 같이 모여서 마시는 막걸리는 그야말로 꿀맛이네요. 오늘의 술은 다디달아서 아무래도 여기까지만 편지를 쓰고 동기들과의 한잔에 집중하러 가야겠어요. 그럼 엄마, 다음 주에 만나요!

평화. :)

담양 맥가이버를
만났어요

6

일차

엄마! 주말 동안은 잘 쉬었어요. 텃밭을 정비한 금요일 외에는 주로 강의만 들었던 일주일이었는데도, 오랜만의 합숙 교육이 쉽지 않았던지 8명 동기 모두 주말엔 휴식을 취했더라구요. 오늘은 전체 교육 일정 중에서 내가 제일 궁금했던 교육을 받는 날이에요. 오늘과 내일, 이틀을 이용해서 비닐하우스 짓기 실습을 하겠다고 되어 있는데 도무지 상상이 되질 않았거든요. '인력이 열 명 정도밖에 없는데 어떻게 이틀 만에 비닐하우스를 짓지?'하고 의구심만 들었죠.

2주 차의 첫날 아침. 우리는 풍산면에서 차로 20분 정도 떨어진 동계면으로 이동했어요. 비닐하우스를 지을 땅이 동계면에 있었거든요. 비닐하우스가 필요한 농민은 실습할 땅과 자재비용을 제공하면서 비닐하우스를 얻고, 교육생들은 비닐하우스를 짓는 노동력을 제공하면서 동시에 기술 교육을 받는 거죠. 그렇게 농가와 교육생들이 서로의 필요를 교환하는, 모두에게 유익한 실습! 동계면에 도착하자 비교적 평평하게 고른 땅과 파이프를 비롯한 각종 사재가 실린 트럭, 그리고 이틀간 비닐하우스 짓기를 안내해 줄 선생님이 우리를 기다리고 있었어요.

담양에서 유기농 토마토 농사를 짓는 남성동 선생님은 여러 기수의 비닐하우스 실습을 지도하셨대요. 전문적으로 비닐하우스 짓는 일을 하는 사람들도 있다던데, 왜 토마토 농사를 짓는 분이 이 실습을 담당할까 했더니,

"나는 귀농해서 비닐하우스에 토마토 농사 처음 지을 때부터 나 혼자서 하우스를 지었제. 나가 다른 기술자들 안 부르고 혼자서 하우스 짓겠다 하니께, 동네 사람들이 다 말도 안 된다 하더라고~. 나는 어쩌면 혼자 할 수 있나… 밤새워 고민했다가, 다음 날 실제로 해 보믄서 천천히 하우스를 만들었제. 동네 사람들 모두 다 깜짝 놀라부렀지! 나는 나가 하우스를 직접 관리할 수 있어야 한다고 생각허네. 때마다 사람 써 가면서 하면, 돈도 많이 들고. 나는 지금도 하우스 네

동 다 나가 관리하고 있당께. 그 노하우를 하나씩 알려 줄라니 이틀 간 싹 다 배워가시게!"

그렇게 담양에서 온 맥가이버를 만나게 되었어요!

PPP

엄마, 사실 요즘은 농촌에 가도 푸른 논밭으로만 된 땅을 보기가 쉽지 않잖아요. 어디에서나 불쑥 자리 잡고 있는 비닐하우스가 보이기 마련이고, 어떤 지역은 푸른 대지가 아니라 흰 비닐의 대지를 보게 되는 일도 많죠. 그만큼 우리나라 농업에서 비닐하우스, 즉 시설 재배 방식은 몇몇 작물들에서 노지재배 방식[3]을 대체할 만큼 보편화됐고, 최근에는 이 시설들에 정보통신기술(ICT)을 접목한 스마트팜 (Smart Farm)을 갖춘 농가들도 있어요. 물론 자연농법을 꿈꾸는 나는 이렇게 비닐을 대량으로 계속 사용하고, 겨울에는 시설 온도를 유지하기 위해서 부가적인 석유 에너지를 쓰면서 농사를 짓고 싶은 마

---

3 노지재배(Open Field Culture)는 비닐하우스나 유리온실 등 인공 시설에서 인위적으로 재배 환경을 조절하는 방식의 시설재배가 아닌 자연적인 조건으로 작물을 키우는 것을 의미한다.

음이 아직은 없어요. 그렇지만 농사를 짓다 보면 수확물을 말리거나 사용하는 농기구들을 보관하기 위해서라도 비닐하우스 하나 정도는 필요할 거라고 다들 말하더라구요. 아직 내가 먹을 쌈채소 키울 화분 도 하나 없는 나에겐 먼 미래의 이야기지만, 이런 빈 땅에 내일이면 비닐하우스가 하나 떡하니 생길 거라니 기대가 됐어요.

모두 목장갑을 하나씩 끼고, 일을 시작했어요. 우리는 폭 5m, 길 이 10m, 높이 2.4m의 비교적 작은 크기의 하우스를 만들 계획이었 어요. 하우스가 세워질 땅은 고르게 수평이 맞춰져 있어서 비닐하우 스의 골조가 되어줄 D자 모양의 파이프(활대)를 먼저 만들었어요. 10m의 길고 단단한 파이프를 어떻게 활대로 만드나 했더니 D자처 럼 휘도록 만드는 성형 기계가 있었어요. 활대까지 만들고 나서부터 본격적으로 파이프를 세우기 시작했죠.

처음엔 파이프를 5m×10m 직사각형 모양으로 바닥에 만들어 고정하고, 그다음엔 활대를 일정 간격으로 고정해 나갔죠. 활대를 다 세우고 나선 어른 어깨높이, 머리높이 그리고 무릎높이에 직관을 대 어 각 활대와 고정해서 구조물을 단단하게 만들었어요. 그다음엔 마 구리(긴 형태 직육면체의 좁은 정면과 후면)에 수직과 수평 틀을 만 들었는데, 이 면에는 문을 만들어야 해서 문의 크기를 고려해야 했어 요. 그리고 미닫이문을 마구리에 달아 주는 것으로 구조물은 완성!

1 바닥에 생긴 직사각형, 그리고 처음 두 개의 활대 2 활대와 측면 직관을 다 고정한 뒤 마구리에 수직·수평 틀을 만들고 있다. 3 아침 10시에 시작한 골조 만들기의 오후 3시 상태

첫날인 오늘은 이렇게 골조를 만드는 일까지만 하고 일을 마쳤어요. 이렇게 말로 휘리릭 설명하니까 엄청 간단해 보이죠? 그런데 실제로는 단계 단계마다 새로운 방법을 맥가이버 선생님에게 배워야 했고, 그걸 우리가 직접 할 때면 능숙하지 않아서 낑낑거리기도 하고, 설명대로 정확하게 하지 못해서 다시 하기를 반복했어요. 그래서 구조물만 만드는 데도 온 하루가 걸렸고 모두 여기저기 통증을 호소할 만큼 힘을 썼죠.

여름의 마지막을 붙든 뜨거운 태양 아래에서 한 시간이 넘게 땀을 흘리다 보면 어지럽기도 했어요. 그렇게 '아… 힘들다….' 하고 느낄 때면 반드시 누군가가 소리치곤 했죠.

"참 먹고 합시다~!"

참의 맛은 참말 좋아요. 일을 하다가 잠깐 쉬는 참. 참으로 나온 막걸리나 초코파이 맛도 좋았지만, 흩어져 일하는 동안에는 함께 나누지 못했던 이야기를 나누는 그 맛이 바로 참의 맛이란 걸 알게 됐죠. 사람들은 이번 단계에서 새롭게 알게 된 기술을 이야기하기도 하고, 어려운 부분을 해결하기 위한 조언을 얻기도 했어요. 그리고 일하는 동안 발견한 동료의 장점을 칭찬하기도 하고, 실수를 놀리기도 했죠. 그러면서 맥가이버 선생님이 이 모든 일을 혼자서 하신다는 사실을 계속 놀라워했어요. 그런데 선생님이 말씀하셨어요.

"나는 나가 다 해내 보겠다는 의지 때문에 혼자 하기도 했지만, 처음 시작할 때 같이 일할 사람들이 별로 없었제. 담양 그 마을에 땅 임대해서 혼자 들어갔으니 외지 사람인 겨~. 그런데 자네들은 이렇게 같이 한번 만들어 봤으니 하우스 지어야 할 때 이 사람들 불러서 같이 만들면 되잖나~. 서로 돌아가면서 품앗이하는 거제. 나는 혼자 해서 오래 걸리고 외로웠지만, 자네들은 같이 하니 금방 만들고 재밌게 일할 수 있을 거네!"

그러고 보면 참도 혼자서 먹으면 맛이 없을 것 같아요.

일의 고단함을 잠시 잊게 하는 참!
참의 참맛은 동료들과의 수다에 있다.

PPP

엄마, 오늘 나는 온종일 새로운 기술들을 맥가이버 선생님에게 혹은 동료들에게 배워야 했어요. 물론 나는 지금까지 이런 일을 직접 해 볼 기회가 없었고, 그런 직업도 아니라서 새로 배우고 익혀야 할 것들이 많은 게 당연해요. 하지만 나는 그동안 꽤 긴 시간 학교 교육을 통해서 무언가를 배우며 살았는데도, 살아가는 데 직접적인 의.식.주를 해결하기 위한 기본적인 것들을 아는 게 거의 없어요. 뭐든지 돈을 지급하는 것으로 해결하는 방법만 알고 있어서, 내가 먹는 것을 생산하는 방법도 전혀 모르고, 내가 살거나 사용하는 공간을 만들 줄도 몰라요. 학교교육에서는 다루지 않는 것들이지만, 예전에는 가정이나 이웃 공동체를 통해서라도 배워오던 것들인데 이젠 그렇게도 배울 수 없게 되었으니…. 나와 이후 세대들은 어디에서 이런 삶의 기술들을 배워야 할까요?

고된 하루를 마치고 오늘을 돌아보니 몸은 피곤해도, 참 재미있었어요. 교실 혹은 책으로만 배우던 것들과는 종류가 다른 새로운 앎이 주는 자극 때문일 수도 있지만, 무엇보다 한동안은 거의 느끼지 못했던 땀 흘려 일할 때의 희열을 느꼈기 때문인 것 같아요. 몸을 움직여 힘을 써 일하는 것. 내겐 아직도 익숙지 않지만, 좀 더 쌓고 싶어요. 이런 삶의 기술들을요. 이젠 학교가 아니라 입고, 먹고, 사는 데 필요한 것들을 내 손으로 직접 하는 사람들이 꽤 많이 남아 있는 농촌에서 배워 볼래요. 아, 그리고 땀 흘려 일할 때는 빠지지 않는 그것이 있어서 희열을 더 느끼는지도 몰라요. 맞아요! 참이요!

내일은 비닐하우스 완성을 위한 작업이 남아 있어서 이만 잘게요. 기대해 주세요, 엄마. 안녕. :)

해도 뜨기 전 김장배추를 심었어요

7

일차

.. 시작하는 생명체를
마주히는 감격

오전 6시, 아직 해도 뜨지 않은 가을의 아침. 엄마, 오늘은 이른 아침부터 움직였어요. 오늘이 바로 텃밭 실습의 시작으로 모종을 심기로 한 날이거든요. 삽이니 호미니 모종삽이니 등등을 들고 지난 금요일에 밀림에서 변신한 밭으로 올라갔어요.

어제 모종상에 가서 사 왔다는 모종들을 보는데 늘 그렇듯이 난 모종이 너무 귀엽고 예뻤어요. 서울살이할 때도 큰 꽃집 앞에 쌈채소 모종들을 볼 때나 경동시장에서 이름 모르는 각종 채소 모종들을 보면 난 이유도 모른 채 반가워하곤 했어요. 그렇지만 베란다 없는 원룸, 해도 잘 들어오지 않는 원룸에 살았던 나는 모종과는 상관없는 사람이었죠. 그래도 서울살이 마지막에 구했던 원룸은 세탁기가 놓인 작은 베란다가 있었고, 그 베란다가 동향이라 햇볕이 들어왔어요. 그래서 그 원룸으로 이사한 첫해에 채소 모종을 샀던 적이 있어요.

초여름 주말, 성북동 오르는 길가 꽃집 앞에 놓인 수십 가지 채소 모종들을 한참 보다가 나도 모르게 상추와 치커리 모종을 10개 정도 샀죠. 어떻게 그리고 왜 덜컥 모종을 샀는지 정확히 기억나진 않는데 그냥, 몹시, 사고 싶었어요. 모종을 사서 검정 봉지에 담아 걸어오면서 동네를 걷다 보면 쉽게 보이던 흰 스티로폼 박스를 찾았죠. 한 손에는 모종, 다른 손에는 그 모종을 심을 스티로폼 박스를 들고 집까지 오긴 했는데 문제는 흙이었어요. 스티로폼 박스 하나를 가득 채울 흙을 어디에서 구할 것인가! 내가 사는 원룸촌에서는 흙을 찾을 수가 없었어요. 온통 콘크리트나 아스팔트로 덮여 있는 곳에서 흙은 그야말로 집 밖에 내놓은 화분 속에만 있더라구요. 그리고 우리 동네에서 겨우 발견한 흙은 딱딱해서 파지지도 않고, 손으로 만져보면 푸석푸석하기만 해서 내가 처음 산 모종에 선물하고 싶지가 않았어요. 그래서 결국 경기도 외곽에 사는 친구에게 흙을 좀 가져다 달라고 부탁해서 모종을 옮겨 심었죠.

꽃 화분과는 확실히 달랐어요. 아침에 출근할 때 물을 주고 나갔

오늘 심은 모종들. 배추, 적양배추, 양배추, 비트 그리고 오이 모종(위로부터 시계 방향)

다 저녁에 들어오면 자기도 상추다! 치커리다! 보여주려는 듯 눈에 띄게 자라곤 했죠. 그리고 마침내 보름 정도 지났을 때 그 아이들을 먹어 보기로 했어요. 그때의 기억이 생생해요. 아마 그 기억이 나를 이 교육까지 이끌었을지도 모르겠어요.

어쨌든, 서울살이할 때부터 모종만 보면 왠지 모르게 사고 싶고 꽃보다 예쁘다는 생각을 하곤 했는데, 오늘 원 없이 모종을 옮겨심기 할 수 있게 된 거죠. 그것도 건강한 땅에다가! 배추, 적양배추, 양배추, 비트 그리고 좀 늦어서 성공 확률은 낮지만 사 봤다는 오이까지 5가지 종류의 모종을 지난주에 정리한 밭에 옮겨 심었어요. 모종은 그야말로 씨앗에서 이제 막 연약한 뿌리를 내리고 싹을 틔운 것이니 마치 신생아 다루듯 다루게 돼요. 어쩌면 내가 모종을 볼 때마다 걸음을 멈추고 한참을 봤던 이유도 신생아를 보면 그저 신비로움에 웃게 되는 것처럼, 처음 시작하는 생명체에서 나오는 마력 때문인지도 모르겠어요. 시작하는 생명체를 마주하는 그 감격! 오늘은 아침부터 감격이라는 표현이 튀어나오는 날이네요.

담양 맥가이버 선생님은 농사 초보자들만 모인 우리끼리 모종 옮겨심기를 하러 간다는 게 걱정되었는지, 오늘은 텃밭 실습의 선생님까지 되어 주셨어요. 진정한 맥가이버!! 사실 맥가이버 선생님은 담양의 한 대안학교에서 농업 과목을 담당하는 교사이기도 하대요! 일주일에 한 번 고등학생들에게 농사를 가르친다고 하시는데, 농사를 지으면서 학교 선생님까지 겸하는 맥가이버 선생님도 대단하고, (내가 진정한 대안교육이라고 생각하는) 농업을 가르치는 그 대안학교도 대단한 거 같아요.

선생님은 작물마다 뿌리내리기 적합한 깊이와 작물이 다 컸을 때의 크기가 다르기 때문에 모종 간 간격을 달리해서 옮겨심기를 하라고 하셨어요. 모종을 다 옮겨 심고, 새로 만난 땅에 뿌리를 잘 내릴 수 있도록 조리개로 하나하나 물을 주고 나서야 오늘의 텃밭 일을 마쳤어요. 아직 날이 완전히 밝지 않은 시간. 일을 마치고 어스름한 안개 속을 걸어가는 동료들의 뒷모습이 마치 어벤져스 군단마냥 어찌나 든든하던지! 텃밭에 새 생명을 옮기며 시작한 하루를 비닐하우스의 완성으로 마무리할 수 있었던 건 바로 이들과 함께이기 때문이겠죠.

♪♪♪

아침밥을 먹고 서둘러 어제의 현장으로 갔어요. 내일부터 추석 연휴가 시작되니 되도록 오전 중으로 하우스 짓기 실습을 마무리하는 것을 목표로 맥가이버 선생님의 설명에 따라 몸을 바삐 움직였죠. 먼저 하우스의 보온성을 높이기 위해서 사방 무릎높이의 직관마다

텃밭에 모종을 심고 안개 속을 헤쳐 가는 길. 아직 날이 완전히 밝지도 않았다!

치마비닐을 달았어요. 그러고 나서 어제 완성해 놓은 골조에다 비닐을 덮었죠. 이 비닐을 씌우는 작업이 바람에 엄청 예민한 일이래요. 바람이 조금이라도 세게 불면 고정되지 않은 대형 비닐이 날아가거나 뒤집히기 일쑤라, 맥가이버 선생님이 바람을 세심하게 관찰하시다가 "지금이다!" 하는 때에 함께 우르르 비닐을 덮었죠. 그런데 놀라운 것은 맥가이버 선생님은 이 비닐 씌우기도 평소에 혼자 한다는 거예요. (그리고 우리에게만 그 노하우를 알려주셨죠! 역시… 사람의 지혜란 놀라워요)

대형 비닐을 덮고 난 뒤에는 비닐이 팽팽하게 구조물에 접착되도록 잘 당겨 가면서, 각 면의 직관마다 스프링 패드로 고정했어요. 그러고 나서는 비닐하우스 양면에 수동식 창문을 설치하고 빗물받이통에 연결되는 장치도 만들었죠. 끝으로 비닐하우스 주변을 빙 돌면서 빗물이 하우스 안쪽으로 들어가지 않도록 길게 늘어뜨린 치마비닐 위로 흙을 덮으며 둑을 쌓고 그 옆으로 배수로를 팠어요. (허리가 끊어질 듯 아파서… 배수로 파기는 군대 다녀온 동기들의 주특기가 투입되었어요. ㅋㅋㅋ)

그리하여, 드디어 14시간 만에 완성된 동계면 주월리의 5m×10m×2.4m 비닐하우스! 사람이 사는 집은 아니지만 수확한 각종 작물이 들어갈 집인 만큼 튼튼하게 짓고 싶었는데, 짓고 보니 주변 풍광 덕분에 이뻐 보이기까지 했어요! 맥가이버 선생님 그리고 비닐하우스의 주인분과 새 건축물(?) 앞에서 인증샷을 찍음으로써 완공식까지 마치고 내려왔어요.

ppp

엄마가 기다리고 있을 집으로 추석을 보내러 가는 길. 버스 안에서 생각해 보니 오늘은 시작과 완성을 모두 경험한 날이네요. 텃밭에 모종들을 옮겨 심어 작물들이 땅에 뿌리내리게 하는 시작도 있었고,

1 드디어 비닐하우스라는 이름에 걸맞게, 비닐을 구조물 위로 씌운다. 2 비닐하우스에도 창문은 필요하다! 비닐을 감아올리는 장치를 달았다. 3 하우스 위에서 떨어질 빗물을 받을 수 있도록 물통도 설치했다.

8명의 교육생, 4명의 도움손길 그리고 1명의 맥가이버에 의해 14시간 만에 완성된 비닐하우스!

어제부터 시작해 모두가 땀 흘려 비닐하우스 한 동을 만든 완성도 있었죠. 시작도 완성도 늘 일상에서 겪는 것들이지만, 오늘의 시작과 완성은 뭔가 내 손에 직접 와 닿아선지 더 생생하게 느껴지는 것 같아요. 그리고 그 생생함이 곧 생명력인지, 나는 이틀간의 고된 일정에도 불구하고 힘이 솟아요! 예전처럼 피곤하다고 핑계 대지 않고, 추석 차례상에 올릴 음식 준비도 도울게요! 하하!

곧 집에서 만나요, 엄마. :)

정성을 다하고
기다리면
맛있어진대요

8

일차

.. 느림의 가치를
체감하는 연습

딸이 무언가를 하겠다고 했을 때 "하지 마라."는 말을 결코 한 적 없는 엄마는 당최 뭘 하는지 알 수 없는 교육을 받겠다며 집을 떠났다가 잠시 연휴를 보내러 온 날 보고 딱 한마디 했죠.

"니는 대체 어디서 뭘 하고 다니길래 이리 까매져 왔노?"

이 한마디에서 엄마는 내가 이런 교육을 받는 게 마음에 들지 않고 의심하고 있단 걸 알 수 있었지만, 그럼에도 불구하고 나는 다시 이곳 농촌생활학교에 돌아왔어요. 지금까지 내가 새롭게 마주한 '앎' 만 해도 너무나 많아서, 앞으로 4주간 받을 교육이 몹시 기대되거든요. 아직은 엄마에게 내 결정을 말할 수 없고, 여전히 설명도 엉성하니까…. 남은 4주간의 편지들도 기다려 주세요.

그런 의미에서 엄마, 오늘 전해드릴 하루는 왠지 엄마가 흥미로워할 것 같아요. 온종일 배운 것이 바로 전통 식재료들이거든요. 고추장, 청국장, 식혜 그리고 부의주(浮蟻酒)를 만들었어요. 정말 궁금했고 언젠가 반드시 알아야 한다고 늘 생각했지만 좀처럼 해 볼 기회가 없었는데, 우리네 고추장, 된장, 간장 같은 장류와 전통주를 만들 기회가 생겨서 난 좀 흥분했어요. 그런데 동기들도 전부 나랑 같은 마음이더라고요. 물론 어릴 적 어머니나 할머니가 하시는 걸 본 기억이 있는 동기도 있고, 서울에서 이런 장류 만들기 교육을 찾아다닌 동기도 있었지만 다들 직접 이 과정을 해 볼 수 있어서 좋아했어요.

엄마는 내 얼굴이 까맣게 타서 돌아온 건 마음에 들지 않지만,

"살은 좀 올랐네. 먹을 건 잘 주나 보지?"

라며 내가 그래도 건강은 챙기며 뭔가를 하는 것 같다고 더 이상 잔소리를 하지 않았잖아요. 내가 이렇게 살이 오르게 해 준 사람이 있는데 바로 교육생들의 삼시 세끼를 책임지고 있는 경아 선생님이에요. 선생님의 요리 솜씨는 끼니마다 놀라웠는데, 오늘 각종 기본 재료를 만드는 교육도 직접 해 주셨어요. 경아 선생님은 나처럼 농촌생활학교를 3년 전에 이수하고, 순창에 정착한 분이세요. 예전에도 요리하는

것에 관심이 많았지만, 도시에선 만들어 먹기 힘들었던 다양한 장이나 술을 순창에선 직접 만들고 또 그 기본 재료들을 수집하고 있대요.

예전에는 집집이 직접 만들어 먹던 것들이라 이런 기본 재료들이 사라질까 걱정할 필요도 없었을 텐데…. 이젠 워낙 보기 드문 것들이라 매해 새로 만들기도 하고, 다른 재료를 가진 사람들에게 받아 모으기도 한다는 선생님의 보물들을 보니 괜한 안도감이 들었어요. '그래도 아직은 완전히 사라지지 않았구나!' 하는…. 나도 농촌에서 작은 마당이 있는 집에 살게 되면 나와 가족들 그리고 가까운 사람들이 먹을 된장, 고추장, 간장은 내가 만들고 명절이나 특별한 날에는 아이들을 위해서는 식혜를, 어른들을 위해서는 술을 담그며 살고 싶어요! (또 불쑥 튀어나온 나의 욕망! 것 봐요~. 나 사실은 야망 덩어리라니까요. ㅋㅋㅋ)

PPP

콩이 주재료인 청국장 외에 고추장, 식혜 그리고 부의주를 만드는 데 기본이 되는 재료는 쌀이었어요. 그리고 나는 오늘에서야 '고두밥'이란 존재의 그 무한한 영향력에 대해서 알게 되었죠. 고두밥이 이토록 다양하게 쓰인다는 사실을 제대로 몰랐거든요. 엿기름, 누룩,

찹쌀을 쪄서 만든 고두밥. 대나무 발 위에 펴서 식힌다.

메줏가루 같은 천연효모가 발효 과정의 핵심이겠지만, 고두밥이라는 효모의 먹잇감이 있어야 발효가 활발히 일어날 수 있으니 고두밥은 중요한 것이었어요!

그런데 고두밥을 만드는 작업부터가 꽤 긴 여정이었어요. 우선 고두밥으로 쓸 쌀을 잘 씻어서 찜기나 시루에서 증기를 이용해 찌고, 찌던 밥 위로 차가운 물을 흩뿌려주는 세수도 하고, 뜸도 들여야 했어요. 뜸이 다 들고 나선 밥을 대나무 발 위에 골고루 잘 펴서 식히기까지 해야 고두밥이 완성되더라고요. 대나무 발 위에 하얗게 올린 쌀알들을 나무 주걱으로 하나씩 펴는데… 왠지 마음이 정갈해지는 것 같았어요. 다시금 알겠더라구요. 정성을 들인다는 말의 의미를요. 마음을 정갈하게 하고, 참되고 성실하게 해 나가는 것.

문득, 스스로에게 질문하게 되었어요.

'최근에 정성을 다해서 했던 일이 있었는가?'

뭐든지 효율적이고 효과적으로, 빨리 해내는 것이 최고라고 생각하고 내 앞에 닥친 일을 해치우듯 하진 않았었나… 하는 답변만 돌아오더라구요. 그런데 우리 전통 발효식품을 만드는 과정은 어느 하나도 건너뛰어선 안 되고 빨리한다고 좋은 것도 아니었어요. 오히려 참되고 성실하게 '기다리는' 과정을 거쳐야 완성되는 일이란 걸 조금씩 알겠어요.

식혜

식혜는 엿기름가루를 물에 타서 1~2시간 담갔다가 준비해 둔 고두밥과 그 물을 섞어서 만들었어요. 섞은 것을 보온밥솥에 붓고, 5~6시간마다 한 번씩 밥알을 확인해야 했죠. 그로부터 15시간 정도 지났을 때 다시 한번 끓여서 식히면 바로 할머니 집에 가면 명절에만 먹을 수 있던 그 식혜가 된다는 사실! 식혜 맛이라 하면 어느새 슈퍼에서 파는 OO식혜 맛밖에 기억나지 않을 만큼, 진짜 식혜를 먹은 기억이 가물가물한데…. 이 식혜를 먹으면 마치 어릴 적 설날 아침으로 돌아갈 것 같은 기분이 들었어요.

엿기름가루를 사용한 터라 몰랐는데, 보리 새싹을 말린 것이 엿기름이래요. 말린 보리싹에는 전분을 당으로 변하게 하는 효소가 있어서 물엿, 식혜, 고추장 등을 만들 때 사용하죠. 그런데 이 엿기름이 바로 맥주의 주재료인 몰트(Malt)와 같다는 사실도 난 오늘에서야 처음 알았어요. (과연 내가 앞으로 새롭게 알아야 하는 것들이 얼마나 많은 걸까요!)

그나저나 보리에 싹이 트게 했다가 건조한 것이 어떻게 그런 발효작용을 일으키는 걸까요?

고두밥 푼 물을 식혜로 만드는 비밀병기, 엿기름

고추장

고추장은 만드는 방법에 따라 맛이 다양하고, 종류 또한 많지만 오늘은 엿기름을 사용하지 않고, 찹쌀고두밥으로 오랜 시간 천천히 발효하는 찹쌀고추장을 만들었어요. 메줏가루를 물에 섞어 몇 시간 두었다가 그 물에 고춧가루와 고두밥 그리고 마지막에 소금을 넣어 섞었어요. 이것으로 찹쌀고추장 만들기에서의 오늘 할 일은 끝! 그런데 고추장은 만들었다고 끝이 아니라 볕이 좋은 날 항아리 뚜껑을 열어 볕을 쐬고 담기를 몇 달간 해야 좋은 맛을 얻을 수 있대요. 그래서 오늘 만든 고추장도 교육이 끝날 때까지 맛볼 수 없고, (대신 우리가 떠난 뒤에 선생님이 계속 관리해서) 내년 봄 순창에 오면 맛볼 수 있는 기다림의 음식인 거죠. ㅋㅋㅋ.

고춧가루, 찹쌀고두밥, 메줏가루, 소금을 섞어 만든 찹쌀고추장

청국장

비교적 간단하다(?)는 청국장 만들기도 역시나 기다림이 관건이었어요. '몇 시간 물에 담근 메주콩을 건져 압력밥솥에 찐 뒤 식혀서 베보자기가 깔린 오목한 소쿠리에 깨끗이 씻은 지푸라기와 함께 담는다'까지가 만드는 과정의 전부였어요. 그렇지만 채반에 담은 찐 콩의 온도를 38~48시간 동안 43~60도 사이로 유지해야 우리가 아는 청국장이 되는 것이니…. 역시 잘 기다려야 하는 것이었죠. 특별한 장비가 없던 시절에는 이 소쿠리를 보자기로 덮은 뒤에 이불로 감싸서 아랫목에 두고 너무 뜨겁지도 차지도 않게, 오로지 감에만 의존

청국장은 선생님이 특별 제작한 보관함에 들어가 43도를 유지하며 이틀을 보낸다.

해 만들었대요. 하지만 요즘엔 온도계도 있고, 보온유지를 위한 여러 장비도 만들어 쓰고 있다고 해요. 숙소엔 아랫목이 없어 걱정했는데, 다행히 선생님이 직접 제작한 청국장 보관함(?)을 이용해서 숙성 과정을 지켜볼 수 있었어요.

그리고 부의주

　모두가 가장 궁금해했던 부의주는 시작부터가 만만치 않았어요. 마찬가지로 고두밥을 만들어야 하는데 찹쌀을 무려, 백 번 씻으라고 하시는 거예요! 이름하여 '백세(百洗)'는 우리 술의 주재료인 곡물, 특히 쌀에서 전분 이외의 영양분이나 불순물을 제거하기 위해서 백 번 씻는 과정인데…. 그냥 빡빡 씻는 것이 아니라 쌀알이 부시지지 않도록 물의 회전력으로 씻어야 한대요! 이 단어 하나로 술을 빚는다는 것이 얼마나 정성을 많이 요구하는 일인지 알 것 같았어요. 우리는 도저히 (팔이 아파서) 백세는 못하고 쌀 씻은 물이 투명해질 때까지 8명이 돌아가면서 씻었어요.

　백 번 씻은(?) 찹쌀로 고두밥을 만들고 누룩가루 푼 물을 고두밥과 섞어요. 그다음 쌀알 속으로 누룩물이 침투되도록 치대는 작업을 했어요. 이 치대는 혼화 작업을 할 때도 손에 힘을 줘서 쌀알이 뭉개지거나 으깨지지 않도록 손바닥을 봉긋하게 만들어서 해야 해요. 마지막으로 한참 혼화 작업을 한 술덧(고두밥을 누룩과 버무린 상태)을 항아리에 담고, 온도계를 연결한 뒤에 이불 보쌈을 했어요. 엄마는 본 적 있을지 모르겠는데… 술독을 이불로 둘둘 싸서 따뜻한 방에다 두는 거죠.

"지금부터 이틀간 이 보쌈한 항아리를 잘 돌보셔야 해요. 그래야 그렇게 궁금해하시는 부의주, 아스파탐은 하나도 들어가지 않은 진짜 우리 술을 맛보실 수 있어요. 온도계가 연결되어 있으니 독 안의 술 온도를 알 수 있을 거예요. 2~3시간마다 오셔서 온도 확인을 하는데 38도가 넘어 40도까지 닿지 않도록 유의하세요. 술이 끓어 넘치는 38도가 되면 바로 이불을 벗겨 10도 이하의 외부에서 냉각해야 해요. 그리고 온도를 확인할 때 항아리에 귀를 대고 가만히 들어 보면 술이 익는 소리도 들을 수 있답니다!"

고추장에 이어 부의주도 몇 주가 지나야 맛있어지는 거였어요. 그래도 부의주는 단양주(한 번에 빚는 술)라서 보름 정도 후엔 맛볼 수 있지만, 우리 술 중에는 십이양주(밑술에 열한 번 덧술을 가하는 술)까지 있대요! 십이양주까지는 못 만들어도 선생님은 다음 달에 있을 결혼식에 선물할 삼양주(밑술에 두 번 덧술을 넣는 술)를 익히고 있다고 해요. 그 맛이 어찌나 궁금하던지….

찹쌀 4kg과 물 4L로 부의주를 만들었는데, 물에 희석해서 양을

경아 선생님이 매해 새로 만들고 모은다는 각종 장류와 술을 만들 때 필요한 보물들 (떡메주, 콩산국, 이화국, 찹쌀산국)

불리지 않고, 고유한 술만을 채주하면 대략 1.6L 피처 병으로 4병 (6~7L) 정도가 나올 거라고 했어요. 쌀 4kg으로 그 정도의 양밖에 얻을 수 없으니… 쌀이 귀하던 시절에 우리 술은 정말 귀한 것이었겠다 싶어요. 우리는 첫 부의주른 교육이 끝나는 널 나 같이 마시기로 하고, 누구도 몰래 건드리지 않기로 약속까지 했어요. ㅋㅋㅋ.

PPP

엄마, 식량자급률이라는 것이 있어요. 한 나라가 소비하는 식량 중에 얼마만큼을 국내에서 생산하고 조달하는가를 나타내는 비율이에요. 우리나라의 식량자급률은 2014년 기준 49.8%이고, 곡물자급률(사료용을 포함한 국내 농산물 소비량 대 생산량)은 24%를 기록했어요.[3] 그리고 영국 경제정보 분석기관 이코노미스트 인텔리전스 유닛의 2015년 세계식량안보지수에 의하면 109개 국가 중 26위에 그쳤죠.[4] 그래서 많은 사람이 자체 생산량은 자꾸 줄어들고 수입농

---

4 농림축산식품부의 2017년 자료에 의하면 우리나라의 2016년 식량자급률은 50.9%, 이코노미스트 인텔리전스 유닛의 2017년 분석[4]에서는 113개 국가 중 24위로 약간의 변화가 있었다.

산물에만 의존하게 되는 우리나라의 식량 상황을 우려해요. 그런데 오늘 난 이 식량자급률을 국가적인 차원에서가 아니라 나 개인의 차원에서 대입해 봤어요.

'나는 나의 먹거리 중 얼마만큼을 스스로 해결하고 있는가?'

농사를 짓진 않으니까 농산물 차원에서의 자급률 0%. 그리고 된장, 고추장, 간장, 케첩, 마요네즈 등등의 각종 요리 소스들도 모두 다 사서 쓰고 있으니 이것 역시 100% 의존, 즉 자급률 0%. 그래도 몇 해 전부터 김치는 그때그때 철을 맞은 채소들로 직접 담가 먹으니까 70%. 잼과 피클은 재미로 만들어 냉장고에 넣어 뒀으니 그나마 100% 자립.

물론 사람들 모두가 농사를 짓고, 장이나 김치를 직접 담가 먹을 필요는 없죠. 각자가 주어진 일을 하며, 필요한 것은 재화로 교환하면 되니까요. 그렇지만 재화로의 교환만을 당연시하며 지내다 보면 어느새 내가 먹으려고 구입한 것이 어떤 과정을 거쳐 어떻게 만들어지는지에 대해서 관심도 없어지고, 또 그 방법도 전혀 모르는 상태가 되는 것 같아요. 된장, 고추장, 간장 그리고 술은 매일 내가 일상적으로 먹는 것들이지만 오늘에서야 처음으로 그 각각을 무엇으로 어떻게 만드는지 알게 됐으니…. 나 역시 나의 식량 자립 정도를 자주 확인해서 먹거리들을 더 깊이 알아가야겠다고 생각했어요.

내 입맛이 형성된 건 아마 엄마 영향일 테고, 엄마는 또 외할머니에 의해서 그 입맛이 생겼겠죠. 그렇게 대대로 이어져 온 우리의 입맛은 정성을 다하고 기다림으로써 완성되는 맛에 길들어 있었어요. 왠지 모르게 우리네 입맛이 멋스럽고 품격 있게 느껴져서 내가 뜨는 한 숟갈, 한 숟갈을 깊이 음미하며 밥을 먹은 날이에요.

식혜도, 고추장도, 청국장도 그리고 부의주도 익어 가는 밤.

풍성한 가을밤이 깊어가고 있네요. 잘 자요, 엄마. :)

PPP

덧붙여,

사흘 후에 우리는 우리가 직접 만든 청국장을 먹었어요! 잘 만들어진 청국장은 윗부분이 하얗게 뜨고 실이 끈적인다는데 우리 청국장이 딱 그 상태였어요. 경아 선생님은 이틀간 잘 숙성시킨 청국장으로 쌈장도 만들고, 청국장국도 끓여줬어요. 얼마나 맛있던지! 언젠가 엄마에게도 내가 만든 청국장 요리를 꼭 맛보여 줄게요.

사흘 후 보관함에서 나온 청국장이다. 아주 잘 숙성되었다.

엄마, 우리 집에 화덕 난로 하나 놔야겠어요

.. 나에게 적당한 기술을 찾는 현명함

엄마. 오늘은 완주에 둥지를 틀고 있는 '전환기술사회적협동조합'이란 곳에서 오신 선생님과 온종일 화덕을 만들었어요. 으흐흐… 왠지 엄마가,

"대체 뭔 교육 과정이길래 화덕까지 만드노?"

하고 어이가 없다는 표정을 짓고 있을 게 그려지는데… 내가 하나하나 설명해 볼 테니 잘 들어봐요~. 왜 시골살이에서 이런 화덕 만드는 교육까지 필요한지!

우선 엄마, 세상에는 적정기술이라는 게 있어요. 사람들은 과학기술은 늘 발전하는 것이라고 생각하잖아요. 나라나 지역마다 취하고 있는 단계는 다르더라도 전 세계적으로 발전하는 방향은 거의 비슷하죠. 예를 들면, 핸드폰이 만들어지고 나서 핸드폰을 처음 받아들인 순서나 사용률이 증가하는 속도는 나라마다 달랐지만, 결국은 전 세계인들이 핸드폰을 사용하게 되었잖아요. 그리고 스마트폰이 등장하고 나서는, 스마트폰을 더 발전된 기술이라고 생각하면서 가지고 싶어 했고, 대부분의 사람이 사용하게 되었죠. 그런데 우리 중 아주 극소수의 사람들, 핸드폰을 만드는 과정에 속한 사람들만이 핸드폰을 직접 만들 수 있고, 그 기술을 안다고 해도 공장 형태의 제조장(場)이 있어야지만 만드는 것이 가능하잖아요. 그런 걸 거대기술(Super Technology)이라고 봐요.

하지만 엄마, 꼭 핸드폰에서 스마트폰 순서로 변하는 것만이 '기술의 발전'이라고 봐야 할까요? 더 많은 돈을 벌 수 있는 기술만 발전하고, 큰 수익을 가져올 수 없는 분야나 큰돈을 지급할 수 없는 사람들을 위한 기술은 발전하지 않는데도 우리의 과학기술이 계속 발전하고 있다고 할 수 있을까요? 그리고 그런 거대기술만이 존재한다면 그런 기술을 아는 사람이 적은 나라, 그런 공장을 많이 세울 수 없는 나라는 기술이 발전할 수 없는 걸까요? 각자가 갖추고 있는 환경조건에 맞게 필요한 것을 만들어 나가는 것은 기술의 발전이 아닐까요?

그런 시각에서 강조되어 온 것이 바로 적정기술(Appropriate Technology)[5]이에요. 거대기술만으로는 제3세계 사람들이 지금 당장 필요한 부분을 채우기 어렵다는 판단으로 국제사회가 원조의 한 부분으로 생각하면서 더욱 확대되었어요. 그렇게 제3세계의 필요와 환경에 맞춰서 개발되고 보급된 사례들이 꽤 많은데 예를 들면, 식수 문제가 있는 지역에서 간단하게 휴대하면서 사용할 수 있는 라이프 스트로(Life Straw)나 전기 배급이 아직 원활하지 않은 지역에서 세탁할 때 쓸 수 있는 페달식 세탁기 히라도라(GiraDora)[6]도 있어요.

제3세계 사람들을 위한 원조의 한 방법으로 널리 알려지면서, 적정기술에는 '착한 기술, 따뜻한 기술, 사랑스러운 디자인' 등의 이미

---

5 우리나라에 20여 년 전부터 소개되기 시작한 적정기술은 제3세계의 가난하고 소외된 주민들을 위해 개발된 인본주의적 기술이다. 인간소외와 사회적 불평등, 과소비를 양산하는 산업자본주의의 폐해를 극복해 보고자 간디의 영향을 받은 영국의 경제학자인 슈마허가 중간기술(Intermediate Technology)을 제안하면서 본격적으로 보급되었다. 지역문화나 자연적, 사회적, 경제적 환경에 적합하게 설계되어 누구나 사용할 수 있는 값싸고 소박한 기술이라는 점이 특징이다. 규모가 작아 주민 접근성과 활용도가 높은 편이고, 자연에너지와 지역 자원을 활용해 만들 수 있으며, 에너지 불평등과 사회문제 해결에도 기여할 수 있어 착한 기술, 나눔기술, 사회기술, 지역기술, 대안기술 등 다양한 가치로 재해석되며 한국 사회에 보급되기 시작했다.[5]

지가 생겼어요. 그래서 어떤 사람들은 적정기술이 이상적인 것이라고만 여겨진다고도 해요. 하지만 적정기술이 되려면 이윤 추구를 뛰어넘는다는 것 이전에 기술적인 측면에서 분명히 완벽해야 해요. 그래서 적정기술 역시 기술로서 "최선의 설계와 최적화된 맞춤 기술" 그리고 "지속성과 확장성까지 확보"[7]해야 한다고 엔지니어들은 강조하죠. 정말 멋지게도 유능한 엔지니어 중에 적정기술을 연구하고 보급하기 위해 자신의 재능을 사용하는 사람들이 늘고 있어요! '국경 없는의사회'가 있듯이 '국경없는과학기술자들'도 있을 만큼요. 〈국경 없는 과학기술자들〉이라는 책에서 그들은 이렇게 말해요.

"거래되는 모든 것에 '보이지 않는 손'이 정해 주는 가격이라는 울타리를 치는 것만이 유일한 삶의 방식인 세상에서, 구매력 없는 자들을 위해 공짜로 혹은 매우 낮은 가격에 제공할 수 있는 과학기술을 생각하는 건 비현실적이고 허망한 생각처럼 들린다. 역사 속 시대정신들이 모두 그러했듯이. 하지만 역사 속의 인류가 그랬듯 우리 또한 이 비현실적 생각을 현실로 바꾸는 방법을 알고 있다. 널리 공유되어 보다 많은 사람에게 유익을 끼치고, 어느 누구의 창조성도 가난하다는 이유로 무시되거나 꺾이지 않게 하는 과학기술. 그것의 이름은 적정기술이다."[8]

PPP

자, 그러면 다시 엄마의 딸로 돌아와서 이런 적정기술을 왜 농촌에서 살고 싶은 내가 배우느냐! 왜냐하면, 엄마⋯ 시골살이에도 적정기술이 필요해요. 앞에서 설명했듯이, 모든 사람에게 똑같은 기술이 필요한 것이 아니잖아요. 도시에는 도시에 적합한 기술이 있고, 농촌에는 농촌 환경에 적합한 기술이 있는 거죠. 농촌에서는 주로 흙, 태양, 물, 바람 등의 자연에 가깝게 생활할 수 있으니, 이런 자연환경과 조건을 이용한 적정기술이 아주 유용해요. 그런데 더 세분해서 생각해 보면 도시와 농촌으로 나누지 않더라도, 사람들은 각자 자신이 선호하고 편리하게 느끼는 조건이 다르니까 개개인에게 충족을 주는 기술은 모두 다를 수 있지 않을까요? 그런 의미에서 우리는 모두 어느 정도 나를 위한, 그리고 나의 가까운 사람들을 위한 기술자가 되면 좋을 것 같아요.

오늘 강사로 와 주신 박용범 선생님은 완주에서 '전환기술사회적협동조합'을 운영하고 있어요. 적정기술을 이용해 우리나라 환경에 맞게 아이템들을 개발하고 또 그 기술을 보급하기 위한 교육 활동을 하고 있대요. 지금까지는 주로 불과 관련된 기술에 집중하고 있어요. 여전히 불을 직접 사용하여 난방을 해결하는 사람들이 꽤 많은 농촌 지역을 위해서 제작 비용이나 방법을 간소화하고, 무엇보다 연료의 효율성을 높인 다양한 난로, 화덕, 보일러 장비들을 개발했어요. 기존의 벽난로나 아궁이들은 나무가 엄청나게 많이 필요하잖아요. 그래서 사실 나만 해도 '그렇게 많은 나무를 땔감으로 써야 하니, 온돌이나 화덕이 엄청나게 산림을 파괴하겠지!'라고 생각했어요. 그런데 전환기술사회적협동조합에서 최근에 개발하고 실험한 방식을 활용하면 연료의 양을 줄이고도 높은 효율을 낼 수 있더라구요.

4명이 한 조가 되어 '조적식 가마솥용 부넘기 화덕' 2개를 센터 뒷마당에 만들었어요. 부넘기 기술은 열효율을 높이는 게 핵심인데, 벽돌이나 황토를 이용하지 않고, 드럼통으로 만들기도 하고 철제를 용섭해서 만들기도 해요. 재료는 사용자가 자신의 취향에 맞춰서 혹은 가지고 있는 자원에 걸맞게 선택하면 돼요. 그리고 화덕이나 난로의 크기나 모양도 필요에 맞게 만들 수 있는데, 많은 사람이 함께 식사하는 경우가 잦은 센터에서는 가마솥을 자주 쓰기 때문에 우리는 가마솥을 걸어 사용하기 적합한 화덕을 만들었어요.

우선 부넘기가 가능하도록 내부 화로를 쌓고, 그다음에는 볏짚을 섞은 황토를 이용해서 가마솥 크기만큼의 원형 외벽을 쌓았어요. 그리고 벽돌로 모양을 만들 수 없는 부분은 시멘트를 조금 사용했죠. 다음으로 가마솥을 걸고, 실제 나무를 넣고 연소가 잘되는지 중간 확인을 했어요. 확인 후 황토를 외벽에 발라 외부 마감을 하고, 화구통을 연결하고, 재받이를 설치하는 것으로 완성! (글로는 아주 간단해 보이지만, 모든 것이 처음인 우리 8명은 화덕 2개를 만드는 데 6시간이 걸렸답니다. ^^;;)

조적식 가마솥용 부넘기 화덕을 완성하면서 '우리나라에 땔감을 연료로 난방을 하거나 요리하는 사람들이 얼마나 될까?'하고 생각해 봤어요. 그 인구를 정확히 알 수는 없지만, 아직도 꽤 많은 사람이 있

부넘기 화덕의 원리가 보이는 내부 구조

벽돌로 만든 가마솥용 부넘기 화덕

는 건 분명해요. 보통 난방과 취사를 하는 에너지원으로 도시가스만 떠올리기 쉬운데, 도시가스가 들어가지 않는 지역이 여전히 많고, 기름이나 전기보다 주변에서 쉽게 구할 수 있는 나무를 연료로 쓰는 경우도 많아요. 하지만 이런 사실은 점차 잊히고 있죠. 땔감을 이용하는 기술은 미래에도 결코 사라지지 않고, 어떤 환경에서건 사용 가능한 최고의 기술일 것 같은데 말이죠. 그런 의미에서 땔감을 연료로 쓰는 사람들은 거대기술의 발전 방향에서 보자면 기술 발전의 혜택을 많이 받을 수 없었어요. 그런 만큼 이런 전환기술, 적정기술을 연구하고 시도하는 사람들의 노력은 정말 값진 것 같아요. 점차 그 이용자의 수가 줄어들지라도 소수자들을 위한 기술 발전은 있어야 하지 않을까요?

전환기술사회적협동조합에서는 2016년에 '할매를 위한 적정기술 공모전'을 열었대요. 우리 사회에 늘어나는 노인 인구를 타깃으로 하는 다양한 제품들이 출시되고 있지만, 일상을 보내는 방식이나 사는 환경이 다른 분들이 많을 테니, 기업에서 개발한 기술들로는 부족한 (혹은 너무 고가라 구입하기 어려운) 부분이 있겠죠. 더군다나 농사짓고 사는 할매들을 위한 제품을 기업이 만들어 줄 것 같지는 않으니 적정기술이 꼭 필요한 거죠! 공모전 결과를 찾아봤더니, 실제로 간단하지만 할머니들의 수고로움을 덜거나 기존 제품을 더 튼튼하게 만들어주는 아이디어들이 상을 받았어요. 밭에서 일할 때 사용하는 이동식 방석이 쓰다 보면 점차 눌려 가라앉는 불편함을 극복하기 위해서 방석 속에 폼을 넣어 원래 모습을 오래 유지하도록 한 아이디어나 개미가 생기지 않게 만든 '개·고양이 밥그릇'도 있었어요!

₽₽₽

엄마, 오늘 내가 배운 내용은 단순한 기술이라기보다는 하나의 가치, 철학 같은 거라고 생각해요. 실제로 이 적정기술이라는 개념을 처음으로 도입한 사람의 생각을 집약적으로 보여주는 책 〈작은 것이 아름답다〉에는 이런 구절이 있어요.

"간디가 말했듯이, 대량생산이 아니라 오로지 대중에 의한 생산만이 세계의 가난한 사람들을 도와줄 수 있다. 대중에 의한 생산체계는 누구나 갖고 있는 아주 귀중한 자원, 즉 현명한 머리와 능숙한 손을 활용하며 여기에 일차적인 도구가 이용된다. 대량생산 기술은 본질적으로 폭력적이며, 생태계를 파괴하고 재생될 수 없는 자원을 낭비하며, 인성을 망쳐놓는다. 대중에 의한 생산기술은 근대의 지식과 경험을 가장 잘 활용하고, 분산화를 유도하며,

생태계의 법칙과 공존할 수 있고, 희소한 자원을 낭비하지 않으며, 인간을 기계의 노예로 만드는 것이 아니라 인간에게 유용하도록 고안된 것이다."[9]

나 역시 생태계와 자원을 절약하는 사람이 되고 싶어요. 유행처럼 모두가 추구하는 기술을 생각 없이 쓰고 싶진 않아요. 내게 정말 필요하고 편리함을 주는 것이 무엇인지를 고민하고, 정말 그것이 필요하다면 내가 가진 자원을 최대한 활용하는 방식을, 남들은 뭐라든 내게 적당함을 주는 방식을 찾아보고 싶어요. 슈마허의 사상에 공감한 만큼 그것을 실천하면서 살아갈래요. 그렇게 누구나 될 수 있는 적정기술자가 되어갈래요.

엄마! 엄마도 더 이상 아파트에서는 살기 싫지만, 겨울에 추워서 일반 주택으로도 이사를 못 가는데 시골집에서 어찌 사느냐고 했잖아요. 만약 엄마가 나 따라 시골살이하겠다고 큰 결심을 한다면 엄마의 시골집은 추위 걱정 없이 따뜻할 수 있도록 화덕 난로를 꼭 설치해 줄게요! 그날이 빨리 오길…. 평화. :)

황토를 화덕 외부에 발라 내구성과 단열을 더 높였다.

"별걸 다 만드네" 할 엄마에게

.. 문명의 편리함 대신
선택하는 자립의 자유로움

엄마, 벌써 열 번째 날이에요. 10일간의 교육 내용을 뒤돌아보면 농사짓기 기술을 배웠다기보다는 농사만이 아닌 다양한 측면에서 농촌 생활을 이해하기 위한 교육들이 대부분이었어요. 그래서 상관없어 보이는 것을 배우거나 직접 만들어 보는 날들이 꽤 있었죠. 남은 기간에는 농가에 찾아가서 농사 실습을 하거나 농촌 사회를 큰 그림으로 살펴보는 강의를 들을 듯해요. 그런 측면에서 직접 뭔가를 만드는 실습의 정점에 닿은 날이 오늘 같아요. 하하. 아마 엄마가,

"별걸 다 만들어쌌네~." 라고 할 듯.

ppp

오늘은 오전, 오후 내내 목공기술을 익히기 위해서 나무 평상을 만들었고, 저녁에는 맥주를 만들었어요. 오늘에서야 알았는데, 6주 간의 교육 과정 중 2~3주 차 교육의 큰 제목이 '뚝딱뚝딱 마을 홍반 장 되기'였더라구요(6주간 교육은 1주 차 '농사 삼잡기', 4~5주 차 '내게 맞는 농촌 생활 찾기', 마지막 6주 차 '우리 이제 귀농하자'로 구성되어 있어요). 〈홍반장〉은 2004년에 개봉한 영화 제목인데 동 네 반장인 주인공 남자가 모르는 일도 없고 못 하는 일도 없는 캐릭 터라 슈퍼맨 같은 사람을 홍반장이라고 비유하거든요. 아! 이 홍반장 이랑 나랑도 연관이 좀 있어요. 대학 때 한 선배가 이상형을 물었던 적이 있는데 그때 내 희망사항을 다 듣고 난 선배가,

"넌 홍반장이 이상형이구나! 뭐든지 다 해결해 주는 남자!"

라고 정리해 준 적이 있어요. 그런데 지금 생각해 보니 내 파트너 가 홍반장이길 원했다기보단 내가 홍반장이 되고 싶었던 것 같아요. 일상에서 필요한 것들은 직접 해결할 줄 아는 사람. 뭐 가능하다면 그렇게 차츰차츰 쌓은 기술을 주변 가까운 사람들에게도 나눌 수 있 는 사람. 도시를 떠나 시골살이를 해 보고 싶지만, 자신이 없어서 이 교육을 신청한 것이었는데…. 단순히 시골살이만이 아니라 내가 예

전부터 막연히 바라던 삶의 방식을 기억하게 하네요.

PPP

목공기술은 시골살이에 아주 유용한 기술이래요. 어제 배운 적정기술을 실현하기 위해서도 꼭 필요하죠. 아무래도 나무는 시골에서 구하기 쉽고, 튼튼하고, 건강에 해롭지 않은 재료니까요. 우리에게 목공기술의 기초를 알려준 선생님은 순창에서 실제로 목공소를 하는 분이셨어요. 뭘 만들까 고민하다가 우리는 센터에 필요한 것을 만들기로 했어요. 센터는 사람들이 지나가다가 들러서 안부를 나누거나, 필요한 정보를 얻어 가는 곳이기 때문에 센터 앞마당에는 사람들이 자주 모여 있곤 해요. 그래서 그런 분들이 편히 앉아서 이야기 나누고 잠시 쉬었다 가기 좋은 평상을 만들기로 했죠.

오전에는 어떤 모양으로 디자인하게 되는지를 이해하고, 그 모양의 구조물을 만드는 데 필요한 각 부재를 치수대로 잘라내는 작업과 방충, 방수 기능뿐만 아니라 예뻐 보이는 역할도 하는 칠하기 작업까지 했어요. 요즘은 인제에 유해하고 독한 냄새도 오래가는 유성페인트보다 친환경 성분의 우드 스테인(Wood Stain)을 주로 쓴다기에 우리도 우드 스테인으로 칠 작업을 했죠.

오후에는 각 부재를 조립하는 과정으로 들어갔어요. 조립하는 과정에서 전기드릴, 전기톱 그리고 망치를 썼죠. 예전 같으면 위험해 보이고 겁이 나서 남자 동료들이 도구를 다루면 나무를 붙드는 정도의 보조 역할만 했을 거예요. 하지만 '오늘은 내가 홍반장이 될 테다!' 하는 마음으로 도구들을 이용해 직접 조립을 해 봤어요.

그렇게 내가 했던 못질이 흔적! 전기드릴을 써도 되지만, 피부와 직접 맞닿는 면은 일반 못이 더 안전하다는 선생님의 권유로 못질을 했어요. 못을 한 번에 박겠다는 욕심으로 망치를 쓰면 팔만 아파요. 힘으로 못을 박겠다는 생각보단 되도록 일정한 힘과 간격으로 못 머리와 망치가 최대한 잘 부딪히게! 땅! 땅! 땅! 땅!

그리하여 등받이가 있는 평상 두 개가 완성되었어요! 하나도 좋지만 둘을 맞대니 더 편히 다리를 쭉 뻗고 마주 앉을 수 있겠죠?

"이렇게 평상을 만들었으니 조만간 삼겹살 파티 한번 해야겠네!"

"그것도 좋고, 밤에 나와서 앉으면 별 보기 딱 좋겠어!"

온 하루를 써서 우리가 원하는 스타일에 딱 맞게 제작한 평상에 앉자, 하고픈 일들이 저절로 퐁퐁 솟아오르는지 서로 생각을 쏟아내기 바빴어요. 난 동료들의 그런 이야기들을 들으며 내가 못질한 자리와 드릴을 박은 자리 하나하나를 손가락으로 만져봤어요. 홍반장이 되기는 쉽지 않겠지만 못질부터 차근차근 익숙해지고 싶어요.

완성된 두 개의 평상

저녁 식사 후에는 맥주를 만들었어요. 원래 우리 교육 과정에는 없었는데, 농촌생활학교 출신 선배에게 부탁해서 생긴 시간이었죠. 뚝딱뚝딱 홍반장 되기가 교육 목표였던 탓인지, 교육생들은 모이기만 하면 생활에 필요한 것들은 직접 만들어 쓰겠다는 의욕을 보였어요. 이젠 기성 제품을 사기만 하는 단순한 소비자에서 벗어나려고 하는 거죠. 그리고 우리가 살아가면서 필요한 것, 직접 만드는 기술을

가지면 좋을 것 중에서 최고는… 역시나, 술이었죠.^^;;

"쌀로 우리 술을 빚는 방법은 배웠는데, 맥주는 만들어 마실 수 없나? 나는 시원한 맥주도 좋은데…."

지나가던 교육팀장이 이 말을 듣고는,

"여기 옆 마을에 귀촌한 김선배가 맥주 만들 줄 알잖아요. 최근에 만들어 마시고 남은 게 아직 센터에 있을걸요?"

그래서 우리 교육생 일동은 귀촌한 선배를 강사로 초빙해 맥주를 만들게 되었어요. 우리의 부탁으로 생각지 못한 교육을 하게 된 귀촌 선배는 맥주 만들기에 앞서, 그에 대한 기본 지식을 전해 줬어요.

우리는 몰트를 만들어서 당화하는 과정은 거치지 않고, 안전하게 성공률이 높은 맥주 원액을 이용하기로 했죠! 오늘의 일일 선생님이 인터넷으로 주문한 M사의 맥주 원액 세트 중에서 우리는 인디아 페일 에일(IPA)과 스타우스(Stout) 두 종류를 선택했어요.

맥주 원액과 물 그리고 설탕을 수제맥주용 저장탱크에서 섞어서 잘 관찰하고 열흘 정도 후에 페트병에 옮겨 담아야 했어요. 맥주 역시 만드는 과정은 비교적 수월했지만, 설탕을 통한 당화가 필요해서 숙성 과정이 중요하대요. 페트병에 옮길 때 설탕을 또 소량 더하고, 한 달 정도는 지나야 탄산감이 있는 맥주로 마실 수 있다더라구요. 오랜 보관을 위해서 맥주를 담은 저장탱크를 며칠 전 빚은 술 항아

맥주 저장에 용이한 통이 있으면 맥주 만들기가 한결 간단해진다.

리가 있는 방으로 옮겼어요. 그래서 그 방이 우리의 보물창고가 되어 버렸죠. ㅋㅋㅋ.

홍반장처럼 뭐든지 뚝딱뚝딱 만들어 내는 사람은 되기 어려울 거예요. 그래도 뭐든지 표준화된 규격에 맞춰서 제조된 상품들을 구매하기만 하는 소비자나 문명의 편리함만 누리는 현대인이 되기보다는 나의 필요와 스타일에 맞는 것을 직접 만들거나 기존 것을 고쳐 쓰는 사람이 되었으면 좋겠어요. 물론, 그렇게 직접 만들고 고치는 과정이 조금은 번거롭고 또 제품이 완벽하진 않겠지만요. 문명의 편리함 대신 선택하는 자립의 자유로움. 앞으로 도시에 살건, 시골에 살건 이걸 내 삶의 실천 과제 중 하나로 여기며 살래요. 문명으로부터의 자립이라고 해서 원시인처럼 살겠다는 뜻은 아니에요. 어떤 일이 생겼을 때 우선은 내가 직접 하려고 시도해 보고, 안 되면 그걸 할 수 있는 이웃이나 친구를 찾아서 함께 궁리하고, 그래도 어려울 땐 당연히 전문가를 찾거나 기업의 문을 두드릴 거예요!

엄마는 내가 돈 많이 벌어 몸 편히 살길 바랄 테니 지금 내가 말하는 고생스러움은 엄마가 원하는 게 아닐지도 몰라요. 그래서 마음이 무서워지다가도, 어쩌면 뭐든 이렇게 내 손으로 만들어 살고 싶어 하는 건 엄마의 만능 손 유전자 때문일 거란 생각도 들어요! 실과 바늘로 만들 수 있는 웬만한 건 다 만들어 쓰고, 종이로 각종 가구를 만들 만큼 한지공예에도 능통하고, 밖에서 맛있는 음식을 먹으면 그것과 비슷한 맛을 창조하는 엄마의 만능 손! 나도 그 손을 보고 자라서 이렇게 뭐든 내 손으로 하고 싶어 하는 건 아닐까요? 다음에 만나면 엄마 손을 꼭 잡고 그 기운을 더 받아 와야겠어요!

그럼 엄마, 오늘도 평화. :)

이래도
귀농할끼가?

엄마, 교육의 3주 차가 끝나가는 오늘은 좀… 충격을 받은 날이었어요. 이 충격의 도가니를 잘 정리해서 내 밑천으로 삼는다면 실제로 귀농·귀촌 후에 큰 밑거름이 될 테고, 만약 이 충격들이 정리가 안 된다면 이만 포기하고 서울이든 어디든 돌아가야겠죠.

아, 어쩌면 결혼하고 2년 만에 서울에서 다니던 회사에 사표를 던지고 농촌으로 가자는 아빠를 따라 8년간 시골살이를 했던 엄마라면,

"니는 그런 것도 모르고 시골서 농사짓고 살고 싶다고 한기가?"

라면서 내가 귀농·귀촌이라는 꿈을 접는 걸 반길지도 모르겠어

요. 오늘 강의 시간 내내 선생님이 했던 충격적인 이야기들이 엄마와 귀농 선배들이 나에게 하고 싶었던 말들이 아니었을까 하는 생각을 많이 했어요. 오늘 강의를 잘 정리해 볼래요. 그리고 주말 동안 잘근 잘근 씹어 봐야죠.

PPP

오늘 강사는 12년 전 강원도 화천으로 귀농해 살다가 2010년부터는 폐교된 학교를 이용해 농사를 가르치는 '화천현장귀농학교(8개월 과정)'를 만든 박기윤 교장 선생님이세요. 교장 선생님이라니까 왠지 나이 지긋한 어른일 것 같지만 신생님은 꽤 젊은 분이에요. 선생님은 자신의 좌충우돌 귀농 실수담과 특히 최근 많아진 귀농·귀촌 희망자들이 품고 있는 귀농·귀촌에 대한 오해를 풀어 주기 위해서 화천에서 순창까지 와 주셨죠. (대단한 열정에 그저 감사를!)

교육 2주 차를 마친 우리 눈동자에 희망과 기대가 가득 차 있는 게 재미있었는지, 선생님은 자신이 앞으로 3시간 이야기를 하고 나면 그 눈빛이 바뀔 거라고 하셨어요. 둥글게 둘러앉았던 우리는 그때 서로를 바라보며 불안한 눈빛을 나눴던 것 같아요. 선생님과의 수업은 그 제목부터 뭔가 무시무시했거든요.

"이래도, 귀농하시겠습니까?"

선생님은 귀농의 현실을 있는 그대로 알아야 하고, 그런 상태에서 냉정하게 선택해야 정말 귀농을 결심했다고 할 수 있다 했어요. 그렇게 해서 선생님이 12년간 경험한 농촌 사회와 농업의 현실 이야기가 시작됐죠.

SHOCK 1.
과연 농촌이 살기가 좋으냐?

우선, 한국 사회에서 농촌이 얼마나 열악한 환경인지를 얘기하셨어요. 이것도 없고, 저것도 없다는…. 도시와 비교하면 당연히 부족한 것이 많다는 점은 잘 안다고 자부했지만, 선생님이 든 몇 가지 예는 정말 충격적이었죠.

여기저기 (걸어) 다니는 것을 좋아하는 내게,

"농촌에서는 걸을 수 있는 곳이 적다. 왜냐하면, 대중교통이 적고 인도도 거의 없기 때문이다."

라는 명제가 주어졌어요. 농촌에 살면 더 많이 걸으며 살 거라고 예상했는네, 내 집 주변민 걸을 수 있지 여기저기 쏘다닐 순 없대요! 대중교통이 거의 없으니 집에서 떨어진 곳들을 걸으려면 차를 타고 그 근처에 가서 주차를 해 놓고 걷는 방식만 가능하단 거죠. 하긴 '대중교통이 적다'는 말은 내가 타고 싶은 대중교통(농촌에서는 버스뿐)의 배차 간격이 길고, 운행이 일찍 중단된다는 뜻이며, 동시에 이곳저곳을 다니는 노선 자체가 적다는 뜻이니까요. 그리고 보니 여기 순창 할머니 할아버지들도 다 사륜차를 한 대씩 운전해 다니시더라구요. 탈 것을 가지고 있지 않으면 많은 것으로부터 격리되기 쉬우니까…. 결국 화석연료를 이용해야 한다는 사실.

거기다 농촌에는 인도가 잘 구축되어 있지 않아서 해가 지고 나면 교통사고가 빈번하게 발생한대요. 그런데 정부나 지자체가 그에 대한 대책으로 내놓는 방법이라는 것이 '야간에는 외출하지 마라' 혹은 '밤에 다니려면 어두운 색이 아닌 밝은 색 옷을 입어라' 정도라는 거예요. 인도를 구축하는 것이 정답이지만 정답을 내놓지 않는 이유는 아마 농촌문제가 우리 사회에서 늘 뒷전이니까 그렇겠죠.

그다음은 비용적인 면이었어요. 나는 돈을 벌기 위해서 내 인생을 저당 잡혀서 살고 싶지 않았어요. 그래서 집을 구하려고 대출을 받고 평생 그 대출을 갚느라고 일하는 도시 생활 대신, 집도 땅도 비교적 저렴한 시골을 선택한 거죠. 내게 꼭 필요한 식자재는 농사를 지을 테니 생활비가 줄어들 테고, 소비생활을 할 곳이 주변에 없으니 불필요한 소비에 의한 지출도 줄어들 거라 생각했죠. 그런데 내가 간과한 항목들이 있었어요. 그중에 가장 큰 것이 바로 난방비!

"농촌에서 가스보일러를 쓰는 경우는 읍내 일부 정도예요. 집마다 차이는 있겠지만 1년 난방비가 500만 원이 들기도 하는 기름보일러를 쓰거나 아니면 한 번 충전할 때 4~5만 원이 드는 LPG 가스통을 매번 교체하면서 쓰죠."

이후 조사해 보니 다행히 선생님이 말한 액수가 평균적이진 않았어요. 하지만 시골에는 단열이 잘되지 않는 오래된 집들이 많고, 그런 집에서 기름보일러만 사용하면 난방비가 많이 나오기 때문에 나무를 활용해 절감하는 경우가 많대요. 내가 예상했던 것만큼 생활비를 많이 줄일 수 없을지도 모른다는 불안이 몰려왔어요. 그런데 난방비뿐이 아니었어요. 앞에서도 말했듯이 시골에는 대중교통이 부족하니 조금이라도 움직이려면 연료비가 드는 상황이 생길 테고, 가까운 읍내는 경쟁업체가 적은 만큼 기본 물가도 높다는 사실. 결국, 생활비를 줄일 수 있을 것이라는 나의 기대는 현실적으로 재검토해야 할 사항들이 많아졌어요.

마지막 사례는 이런 생활적인 면이 아니라 나의 정치적인 권리와 관련된 것이었어요. 한 사람이 하나의 투표권을 가지고 있는 민주주의 사회에서 농촌에 산다고 내 정치적인 권리가 사라질 것이리고는 상상조차 하지 않았어요. 그런데 선생님이 말했죠.

"나는 국회의원 선거 때 후보들을 보기가 힘들어요. 강원도 5개 군(홍천, 철원, 화천, 양구, 인제)이 하나의 지역구로 묶여 있어서 우리 국회의원은 대한민국에서 가장 넓은 지역구를 관할해야 하거든요. 만약 후보들이 선거운동을 제대로 하려면 헬기를 타고 다녀야 할 겁니다. 하하하!"

아… 이 웃픈 상황. 면적으로는 홍천군 하나가 우리나라에서 가장 넓은 군(서울의 3배 크기)에 해당하지만, 인구가 적다는 이유로 우리나라에서 크다고 소문난 군들을 묶어서 하나의 지역구로 만들다니! 시민들의 더 나은 삶을 위해서 열심히 일하는 정치인들 찾기 힘든 것이 한국 사회의 현실이라지만, 이건 정치인의 자질과 능력을 떠나 구조적으로 정치적 소외가 발생할 수밖에 없는 상황인 거죠. 그리고 한국 대부분의 농(어)촌 지역이 정치적 소외에 처해 있는 이 슬픈 현실!

정말 한 표 한 표가 동일하게 적용되는 민주주의가 맞는 것일까? 우리나라에서의 정치적 행위는 도시에서만 가능한 것일까? 난 생활적인 문제만큼 이 부분이 막막하게 느껴졌어요. 시민들의 정치적인 힘이 적용되기 힘든 구조를 가진 곳이라면… 나 그리고 내 이웃의 실제적인 생활 문제를 해결하고 삶의 질을 높여가기란 어려울 테니까요.

도시에서는 이미 기본적인 서민들의 권리로 주어진 것들, '이동권, 기본 생활 보장을 위한 저렴한 공공요금 그리고 정치적 권리…' 이런 것들이 제대로 주어지지 않는 농촌 사회를 선생님은 이렇게 비유했어요.

"농촌에서의 삶이라는 건, 어쩌면 한국 사회에서 가장 바닥으로 내려오는 것일지도 몰라요."

멍….

SHOCK 2.
귀농은 정말 희망적일까?

귀농·귀촌의 꿈에 부푼 우리에게 선생님이 두 번째로 퍼부은 찬물은 귀농의 현실이었어요. 여기 와서 알았는데 요즘 귀농·귀촌을 홍보하거나 교육하는 기관의 주요 문구들은 이런 거래요. "도시탈출 귀농으로 억대 연봉 벌기", "귀농·귀촌 반값에 성공하기" 같이 희망적이고 손쉬워 보이게 귀농을 포장하죠. 그런데 실제 귀농을 시도했다가 다시 돌아가는 역귀농 인구가 빠르게 증가하고 있다는 사실과 실제로 개인에게 농촌으로의 진입장벽은 꽤 높다는 사실을 선생님은 강조했어요.

농촌으로의 진입장벽이 높다는 의미는 평생 농사꾼이었던 사람들처럼 농사로 큰 소득을 얻을 만큼 성공하기는 어렵다는 뜻이에요. 그 이유는 우리나라 농업기술이 꽤 발달해 있기 때문이죠. 농사는 쉬울 것이라고 생각하는 경우가 많지만, 실제로 농부들이 가지고 있는 정보와 기술의 양은 어마어마하고, 초보들이 그 노하우에 닿기란 쉽지 않은 거죠. 거기다 꽤 많은 귀농인이 '나는 도시와 판로를 잘 만들어서 직거래를 할 거다. 직거래를 하면 괜히 유통업자들이나 농협에 돈 뜯기지 않고 고소득을 낳을 수 있다.'라며 포부를 밝히곤 하죠. 그런데 선생님은 직거래의 적나라한 현실을 한마디로 일축했어요.

"직거래 좋아 보이죠. 근데 왜 대부분의 농사꾼이 직거래 안 하고 농협에 수매를 넘기겠어요. 직거래를 하는 순간, 나는 을이 됩니다. 내가 원래 알던 주변 사람들에게도 나는 을이 돼요."

그리고 또 다른 장벽은 농사지을 땅과 살 집을 구하기가 어려워지고 있단 거예요. 귀농·귀촌자들의 수가 증가하면서 그들이 몰리는 곳은 땅값이 기존 가격의 10배가 넘게 오르기도 했대요. 그러니까 귀농·귀촌하려는 사람들이 늘어나면서, 이전에는 헐값에 사고팔던 땅도 도시 사람들이 와서 비싸게 사 버리는 경우가 생긴 거죠. 그러니 아무것도 모르는 도시 사람이 와서 비싸게 살지도 모른다는 기대에 모두 가격을 높여 놓았단 거예요. 도시에서처럼 경쟁하지 않고, 주거난에 허덕거리고 싶지 않아서 귀농·귀촌을 알아보는 내게 이는 그야말로 거대한 장벽이었어요.

마지막 장벽은 농촌에서 더 확연히 드러나는 금수저와 흙수저의 현실이었어요. 금수저니 흙수저니 하는 비유를 우리 청년 세대들이 많이 쓰고 있잖아요. 왠지 농촌은 도시보다 기회가 평등하게 주어지고 결과도 공정할 것 같은데…. 선생님은 우리에게 '농촌에 청년 농부들의 성공이 정말 있을까?'란 질문을 했어요. 요즘 여러 매체에서 청년 농부들의 성공 사례를 자주 봐서 난 이전 농부들과는 다른 참신한 마케팅과 유통 방식을 가진 청년들의 시도가 성공을 불러온다고

생각했어요. 그런데 선생님의 대답은,

"그렇게 신문에 나고 페이스북에서 '좋아요' 엄청 달리는 청년 농부들은 대농(大農)이나 부농(富農) 집 아들딸들이에요. 국립특수전문대학이라는 한국농수산대학에 입학할 때도, 평가 항목에 직계존속의 영농에 관한 항목이 있는데, 직계존속이 소유한 영농 기반 규모에 따라 반영 점수가 달라져요."

그러니까 아무 밑천 없이 귀농하는 청년들은 농촌에서 흙수저인 셈이죠. 스타 청년 농부들은 (모두 그런 건 아니지만) 대부분 금수저구요. 흙흙흙. 다시금 생각해 보면 도시에 있는 사회적 문제가 시골이라고 없을 수는 없죠. 그런데 왜 시골에는 기회의 불균형이나 결과의 불공정이 적을 거라고 생각했을까요? 나의 이런 오해와 착각들도 재확인해야 할 것 같아요.

SHOCK 3.
시골에 살면 정말 건강해질까?

귀농을 하고 싶어하는 분 중에는 여유롭고 건강한 삶을 원하는 이들이 많대요. 특히 50~60대들은 그 이유가 아주 크다고 해요. 아직 50대가 되진 않았지만, 나 역시 이런 삶을 원하니까요. 건강한 삶을 살면서 가능하다면 도시에 사는 지인들에게 건강한 먹거리를 보내주고, 가끔은 그들에게 좋은 '쉼'을 선물하는 공간을 만들어 놓고 살고 싶은 마음. 이 소망은 동기 8명이 모두 같았는데 이런 우리 뒤통수를 탁! 치는 선생님의 한마디.

"저도 화천 들어올 땐 내 건강 챙기고 가족들과 같이 더 많은 시간 보내는 좋은 아빠가 될 줄 알았는데…. 그게 아니더라구요."

물론 촌각을 다투는 일이야 두시에도 많겠지만, 오늘 밤을 새워서라도 반드시 새순을 따야 한다거나, 밖에 나와 있어도 비가 내리면 당장 달려가 비가림을 해야 한다거나, 출하일에 맞춰 작물을 키워야 하는 등 예측 불가능한 자연에 기댄 농업은 신경 쓸 일이 무척 많대요. 그래서 작물에 따라 농번기에는 정신없이 바빠서 과로는 다반사구요. 선생님 역시 최근 집 근처에서 애호박 하우스 농사를 지었는데, 수확기에 막내딸이 말하더래요. 아빠 보고 싶다고. 그리고 몸을 쓰는 육체노동이 많다 보니 운동은 필요 없다고 여겨서 운동하는 사람을 보기 힘들대요. 운동과 노동은 완전히 다른 것인데 말이죠. 아… 어쩌란 말인가!

그리고 관계의 어려움도 만만치 않아요. 워낙 공개적인 환경이다 보니 사생활 보호를 내세우기도 어렵고, 내가 원하지 않는 관계라고 피하기만 하기도 곤란한 곳이 시골이죠. 이렇게 애매하고 어려운 관계가 주는 스트레스는 상상 이상인데 실제로 역귀농의 사유 중에 '이

웃갈등 혹은 고립'이 16.9%나 된대요.[10] '사람 사는 곳이면 어디든 사람 간의 관계에서 오는 스트레스가 있지 뭐~'하고 넘기려고 해도 '아마 시골에는 나보다 나이 많은 어른들이 대부분일 텐데 나는 어떤 태도로 살아야 하나? 나는 내 사생활도 중요한데?' 하는 질문에 아직 스스로 답을 찾지 못했어요.

결론적으로 시골에서 건강 챙기며 여유롭게 살 수 있다고 확신하기보다는 사람 사는 곳은 어디나 비슷하니 내 마음먹기에 따라, 실천하기에 따라 건강하고 여유로운 삶은 찾아오는 것이라고 바꿔 생각해야 할 것 같아요.

PPP

크게 세 번의 쇼크. 선생님은 우리의 표정에 미안해하면서 귀농(歸農)은 단순히 몸이 농촌으로 돌아와 사는 삶이 아니라, 만물을 키우고 살리는 삶이자 상생과 살림을 가치로 하는 농적인 삶으로 돌아간다는 의미의 단어라고 강조하셨어요. 물리적으로 농촌에서 살겠다는 각오가 아니라 삶의 가치를 바꾸는 다짐으로 귀농을 생각하는 사람이라면 귀농을 해도 되고, 만약 귀농을 한다면 그때 이 사실들을 기억하면서 하루하루 살아가라는 조언으로 강의를 마쳤어요.

Tip 1. 지역 원주민들과 100% 똑같이 살려고 하지 말자.

  (나는 기본적으로 타인과 다르다)

Tip 2. '내가 왜 이곳에서 살기 시작했나?'에 대한 이유,

  그 초심을 잊지 말자.

Tip 3. 귀농·귀촌의 희망은 각자가 현재 지닌 삶을 대하는 태도에

  달려 있다.

설명을 덧붙이지 않아도 될 만큼 이 세 가지 팁은 아주 당연하고 단순한 것이죠. 그런데 이 팁들을 잊어버리기 때문에 귀농 후에 쉽게 실망하고 역귀농까지 하게 되는지도 몰라요.

PPP

오늘의 충격은 쉽게 가시지 않을 것 같아요. 내가 했던 오해와 착각들이 무참히 깨진 것을 기회로 다시 정보를 찾고 정확한 시각을 갖도록 해야 할 테고, 현실적인 걱정들은 내 가능성에 맞춰 재점검해야 할 거예요. 그런데 엄마, 마치 독감이나 전염병에 걸리지 말라고 미리 예방주사를 맞는 것처럼 오늘 내가 받은 충격은 어쩌면 예방주사 같은 것일지 모른다는 생각이 들어요. 귀농·귀촌 후에 당연히 거

치게 될 아프고 힘든 시간을 위한 예방주사. 오늘 예방주사를 아프게 맞았으니 실제로 병이 찾아 왔을 때는 거뜬히 이겨낼 수 있겠죠!

주사 놓은 자리를 쓱쓱 소독솜으로 문질러 주는 간호사의 손길처럼 선생님은 열정 강의를 마치고 일어나며 한마디 덧붙이셨어요.

"우리나라 농업은 1950~60년대부터 지금까지 정부가 끊임없이 사장시키려 했던 산업이지만⋯ 아직도 남아 있는 유일한 산업이고, 전국에는 여전히 5%의 베테랑들이 있어요."

인류 최초의 산업이자 최후까지도 살아남을 산업. 그리고 모진 풍파를 이겨낸 진정한 베테랑들⋯. 예방주사가 아프긴 했는지 왠지 오늘은 농업 그리고 농부들이 위대하게 느껴지는 날이네요.

이번 주말이 지나고 다음 주면 4주 차 교육으로 들어가요.

다음 주에 만나요. 엄마!

아직 농촌과 나의 거리는 이 정도 되는 것 같다. 늘 눈길이 가고 가까이 가고 싶지만, 물끄러미 바라보는 정도.

시골 생활, 결코
아름답지만은 않다

이 글들은 내가 2016년 가을, 농촌생활학교의 교육 과정을 통해 쓴 것들이다. 이 교육의 목적이 농촌살이에 대한 환상을 심어 귀농·귀촌을 유도하려는 것은 결코 아니었지만, 농촌에서 할 수 있는 다양한 삶의 방식들을 소개하여 그 가능성을 엿보게 하려는 것은 맞다. 그러다 보니 자연히 새롭게 접하고 배우는 모든 것이 내겐 비판보다 찬사의 대상이 되곤 했다. 그렇지만 시골 생활이 가장 아름답다거나, 도시가 아닌 시골이 유토피아라는 뜻은 절대 아니다. 농촌의 현실, 무엇보다 귀농·귀촌하려는 사람들에게 농촌 생활에서 맞닥뜨리는 장벽은 한둘이 아니다. 시골 생활을 판타지처럼 그리는 글들만 쓰고 싶진 않았다. 그래서 내가 교육 과정 중 오가다 경험하고 듣게 된 뜨악한 사실 몇 가지를 [시골 생활, 결코 아름답지만은 않다]란 코너로 함께 싣는다.

1. 실패했거나 낙오한 사람이라고 오해받기 일쑤

상황 1

귀농희망자
A

난 고향이 고창이에요

아직도 고향에 아는 분들이 있으세요?

나

귀농희망자
A

아, 외가 분들은 아직도 고창에 꽤 계세요

그럼 고창으로 귀농하시면 되겠네요!
(속뜻: 귀농계의 금수저시네요!)

나

귀농희망자
A

아뇨~ 고창 아닌 다른 시골로 가야죠
고창엔 절대 안 가요

농(어)귀촌(이하 귀농·귀촌)을 꿈꾸는, 그중에서도 밑천 없는 청
년들은 농촌에 연고가 희미하게라도 남아 있는 사람들을 만나면 부
러워한다. 소위 귀농·귀촌계의 금수저이기 때문이다. 시골에 연고가
없어서 무엇부터 어떻게 접근해 가야 할지 모르는 도시 청년들은 귀
농·귀촌을 돕는 교육이나 모임에 가서 이야기 나눌 때 "농촌에 연고
가 있어서 결정만 한다면 귀농을 할 수 있는 금수저들은 얼마나 좋을

까~." 하고 농담으로 말하곤 한다. 그런데 실제로 그들이 금수저라고, 도시나 시골이나 시작이 불공평한 건 매한가지라고 그들을 선망하기만 해선 안 된다는 생각이 든다. 그들은 어쩌면 가장 어려운 수저를 들기로 결정한 사람들일지 모르기 때문이다.

물론 자신이 나고 자란 고향 땅에서 계속해서 살아가는 사람들, 가업을 잇는 사람들도 많다. 그리고 요즘은 점차 기업을 잇는 사람들을 자랑스럽게 조명하는 사례도 많다. 그런데 한번 고향을 떠나온 사람들에게는 그 고향으로 돌아가서 다시 자리 잡고 사는 게 쉽지 않아 보인다. 물리적인 어려움이라기보다는 심적인 어려움이 더 큰 듯하다. 나 역시 대도시가 아닌 농업에 기반을 둔 사람들이 많이 사는 소도시 출신이라서 굳이 귀농을 하자면 고향으로 돌아가는 게 실리적으로는 가장 이로울 수 있다. 하지만 고향으로의 귀농·귀촌은 차마할 수가 없다. 현재 직접적인 도움을 줄 사람들은 없지만, 고등학교까지 고향에서 졸업했으니 찾아보기만 하면 간접적으로는 이래저래연결될 농사짓는 인맥들이 있을 것이다. 하지만 혹시라도 연결될 그인맥들 때문에 돌아갈 수가 없다. 왜 그럴까? 왜 고향으로 다시 돌아가는 데 심적 부담이 생길까?

상황 2

동네
할머니

우리 윗동네에도 서울서 내려와서 작년부터
농사짓기 시작한 아저씨 하나 있어~.

아, 귀농하셨나 보네요!

나

동네
할머니

서울서 망했나 보더라고····.

사람들이 쉽게 금수저를 잡을 수 있어도 잡지 못하는 이유로 나는 우리나라 특유의 오래된, "말은 태어나면 제주로 보내고, 사람은 모름지기 한양으로 가야지." 하는 편견과 맞서야 하기 때문이 아닐까 생각해 본다.

우리나라(내가 동남아시아와 중국을 여행하며 경험한 바로는 그들에게도 이런 경향이 있다) 어른들은 자식이 공부를 좀 해서 서울에 있는 대학에 가고, 서울에서 직장생활을 하면 소위 '성공'했다고 보는 경향이 있다. 서울은 성공한 사람들이 사는 곳. 그런데 문제는 서울뿐이라는 것이다. 우리나라에선 다른 도시는 해당이 안 된다. 그래서 서울 외 지역에서 사는 건 성공한 삶이 아닌 게 되어 버린다.

그러니 시골 어른들에게 서울에서 살다가 시골로 들어오는 건 이 상한 일이다! 아무 문제 없이 제 발로 들어왔을 리 없다고 여긴다. 더 적나라하게 말하자면, '실패'했기 때문에 시골로 밀려 왔다고 여긴 다. 최근에는 전원생활을 하고자 하는 은퇴자들이 많아져서 무조건 그렇게 여기지는 않지만, 아직 충분히 일할 나이의 사람이 시골로 들 어올 때는 실패한 사람, 낙오자가 아닐까 하는 편견과 싸워야 한다.

귀농계 금수저들을 포함하여 고향을 떠났던 많은 이들은 고향에 서 나고 자라면서 이 편견의 시선을 너무 잘 보아왔을 터다. 그래서 선뜻 용기가 나지 않고, 귀농·귀촌을 한다고 해도 고향이 아니길 바라는 사람들이 (나를 포함해서) 많은 것이 아닐까?

실패했거나 낙오한 사람일 것이라고 오해받기 일쑤인 귀농·귀촌. 결코, 고향으로 돌아갈 수는 없는 귀농·귀촌. 나는 앞으로 편견은 깨지라고 있고, 남들의 시선 따위는 나의 삶과 아무 상관이 없다고 생각하면서 당당하게 나아갈 것이다. 그렇지만… 가끔 속상할 것 같긴 하다. 그래서 말인데 서울에서 살아야 성공했다고 여기는 편견이 얼른 사라지면 좋겠다.

조금은
창조적인 삶을
살고 싶어요

13
일차

엄마! 벌써 교육의 절반만 남은 4주 차에 접어들었어요. 오늘부터는 센터에 앉아서 강의 듣는 시간을 줄이고, 여기저기 찾아가서 직접 보고, 그곳 사람들을 만나 이야기도 들으며 나에게 맞는 귀농·귀촌 생활을 구상하는 시간이 많을 거래요. 오전에는 2주간의 탐방과 실습을 앞둔 우리가 좀 더 이해의 폭을 넓힐 수 있게 돕는 준비운동 같은 시간을 보냈어요. '내게 맞는 농촌 생활 찾기'라는 제목으로 〈마을시민으로 사는 법〉, 〈농부의 나라〉와 같은 책을 쓴 정기석 선생님의 강의를 들었죠.

정기석 선생님은 농촌에서 농사짓는 것 외에 다양한 방식으로 살아가는 방법에 대해 꽤 오랫동안 고민하고 시도해 온 분이에요. 선생님은 스스로가 농사 말고 다른 일을 하는 것이 더 어울린다는 것과 그 일은 도시에서 더 쉽게 찾을 수 있다는 사실을 알지만, 도시가 아닌 농촌에 살고 싶다는 욕심 또한 버릴 수 없었대요. 그래서 '그러면 농촌에서 할 수 있는 농사 아닌 다양한 일들을 찾아보자!'고 탐색하고 다녔대요. 정기석 선생님이 소개하는 농촌 마을에서 할 일은 이런 것들이 있어요.

1) 마을의 가치를 나누는 교육자들
: 대안학교 교사, 농산촌유학 활동가, 교육농장 교사 등

2) 마을의 문화를 창조하는 예술가들
: 문화예술인, 작가, 공예가 등

3) 잘사는 마을을 경영하는 기업가들
: 농업 회사원, 농식품가공 사업자, 농산물 유통상 등

4) 마을의 자원을 지키는 마을일꾼들
: 마을사무장, 마을컨설턴트, 마을조사원 등

5) 마을을 넘어 나아가는 지역일꾼들
: 시민단체 활동가, 출판인과 언론인, 농정공무원 등

6) 마을에 평화를 심는 사회활동가들

: 생태마을 운동가, 농촌 사회복지사, 마을 성직자 등

7) 착한 마을을 일구려는 사업가들

: 농촌형 사회적기업가, 로컬푸드 사업자, 도농교류 사업자 등

8) 생태마을을 짓는 대안기술자들

: 생태건축가, 대안기술자, 생태쉼터 운영자 등

사실 도시가 아닌 환경을 선택하고 싶지만, 농촌에서 농사만 짓고 살 엄두가 나지 않는 많은 사람이 망설이고 있죠. 나도 그런 사람 중 하나구요. 우리가 두려운 건 아마… '농사짓는 것 말고 다른 무슨 일로 먹고살 것인가?' 하는 질문에 답을 찾지 못해서일 거예요. 내 한 몸 먹을 것들이야 텃밭에서 어찌 못 구하겠냐고 말하지만, 냉정하게 말해서 그 텃밭에서 나온 것만 먹고 살지는 못할 텐데…. 그리고 어디 사람이 정말 먹고만 사나? 돈은 땅에서 안 나올 텐데…. 농촌에는 농사 말고는 밥벌이가 없을 것 같은데…. 하는 불투명한 질문들이 꼬리에 꼬리를 물게 되죠.

그런데 정기석 선생님은 각자가 '나만의 답을 찾아가야 한다'는 힌트를 주셨어요. 귀농·귀촌을 한다면 '마을시민'이라는 개념을 가져보길 권하셨거든요. 농사를 짓는 농민들만 살아가는 곳은 농장이

지 농촌이 아니죠. 농촌 역시 사람들이 살아가는 공간이고 공동체인 것이니, 귀농·귀촌을 한다면 그 공동체가 살기 좋은 마을이 되는 데 필요한 일, 필요한 사람이 분명히 있을 테고 그중에서 내가 할 수 있는 것들이 있을 거란 뜻이었어요.

"치열한 도시의 직업전선에서 갈고 닦은 경험, 기술, 노하우, 지식 정보 같은 빛나는 무형자산들이 있어요. 그것들을 생활의 도구이자 무기로 삼아 1지망이었던 농부로서의 삶에서, 2지망 농촌주민 또는 마을시민으로서의 삶으로 생각을 전환해 보세요. 그렇게 하면 농촌주 민으로서 딛고 선 마을공동체와 지역사회에서 자신의 자리를 찾을 수 있고, 예측 가능하고 지속 가능한 '생활귀농'을 할 수 있을 것입니다."

PPP

요즘 읽은 〈시골에서 농사짓지 않고 사는 법〉이나, 〈반농반X의 삶〉 그리고 〈시골 빈집에서 행복을 찾다〉 같은 책에도 농촌에서 해 볼 수 있는 일들을 제안하는 내용이 포함되어 있어요. 그런데 엄마, '농사짓는 것 외에 농촌에서 할 수 있는 일 찾기'라는 주제를 이야기 할 때 난 선행되어야 할 고민이 있다고 생각해요.

포털 어학사전을 검색해 보면 "사람이 생활에 필요한 물자를 언

기 위하여 육체적 노력이나 정신적 노력을 들이는 행위"가 노동이
고 우리는 모두 삶에서 노동이 당연히 필요하다고 하죠. 물론 각자에
게 노동의 의미는 다양하고, 노동의 결과가 개인의 삶을 고스란히 드
러내기 때문에 그 해석도 다양하겠지만, 노동에는 생활에 필요한 재
화를 얻기 위한 수단으로서의 의미가 분명히 있잖아요. 그러면 필요
한 재화의 양에 따라서 노동의 정도가 달라질 수 있지 않을까요? 내
가 귀농·귀촌을 진지하게 선택하려는 이유 중 하나는 시골에서는 필
요한 재화의 양이 서울에서보다는 줄어들 것 같고, 재화의 양이 줄어
든다면 내 일상에서 노동이 차지하는 강도와 시간도 줄일 수 있을 것
같아서였어요(물론 나머지 시간 중에 내 먹거리를 책임지기 위해 농
사일을 하는 엄청난 강도의 노동시간은 늘어나겠지만요).

그다음은 왜 우리는 노동 행위를 직업이라는 것으로만 생각하는
가? 하는 점이에요. 여러 가지 일을 동시에 하고 살 수도 있고, 직업
을 갖는 대신에 여러 통로로 재화를 만들어 생활을 유지할 수도 있지
않을까요? 물론 국가와 사회가 직업이 정규직이 아닌 사람들의 노후
도 안정적일 수 있도록 노후보장 시스템에 더 신경 써야 한다는 것이
대전제이긴 해요.

귀농·귀촌을 희망하는 사람들, 특히 밑천 없는 이들에게 이 일자
리 문제는 아주 뜨거운 주제예요. 엄마가 내 귀농·귀촌을 허락하지

않는 가장 강력한 이유이기도 하죠. 이 부분은 조금씩 더 이야기 나눠요 우리.

PPP

오후에는 순창 농민회 사무실에 다녀왔어요. 현재 순창 농민회 회장님은 2013년에 귀농하여 귀농한 지는 오래되지 않았지만, 벌써 회장직(?)까지 하고 있을 만큼 지역 농부들에게 인정받은 멋진 분이라는 소문을 들어서 꼭 한번 만나 뵙고 싶었어요. 구준회 회장님은 농민회 사무실을 방문한 우리에게 현재 농민회가 하는 일들을 소개하고 앞으로 하고픈 일과 꿈도 이야기해 줬어요.

순창 농민회가 하고 있는 여러 가지 일 중에서 인상적이었던 것은 학교급식사업과 꾸러미사업이었어요. 농민회에서는 '순창친환경연합영농조합법인'을 설립해서 군내 학교급식에 친환경 농산물을 공급하기 시작했대요. 여기에는 지역 아이들에게 질 좋은 친환경 농산물을 먹이자는 취지도 있었지만, 지역 농산물의 안정적인 지역 판로를 만들려는 의지도 포함되어 있었대요. 지금의 우리 농업은 대부분 지역에서 생산한 농산물이 도시로 나가 높은 가격에 팔리는 것만을 목표로 하고 있지만, 회장님은 '지역에서 생산한 농산물은 지역에서 소비'하는 방식으로 점차 변해야 한다고 했어요. 식량 자급의 방식을 가까운 범주에서부터 시작하자는 뜻이죠. 그렇다고 도시 사람들에게 농산물 공급을 중단하겠다는 뜻은 아니에요.

그런데 현재는 모든 농산물이 서울의 농산물시장으로 먼저 모여 거기에서 가격이 책정된 뒤에 지역으로 분산되는 방식이잖아요. 그래서 심지어 순창 지역특산물을 순창 사람들은 맛보기 힘든 경우도 있고, 순창 농산물 가격이 서울보다 순창에서 더 비싼 경우도 발생하는 거예요. 그런 역현상을 줄이기 위해서라도 지역 농산물이 그 지역에서 먼저 소비되도록 유통 과정이 변해야 할 것 같아요.

농산물 꾸러미사업[6]은 이제 많이 알려졌고, 하는 곳들도 많아서 특이할 것 같지 않았어요. 그런데 '순창 산골선물 꾸러미사업'은 한 걸음 더 나아가 있었어요. 지속 가능한 생태계를 지켜나가는 농업을 하고자 하는 소농(小農)들이 그 가치를 혼자서 지켜나가는 건 너무

---

6 농산물 꾸러미란, 시골에서 농사를 짓는 농가가 제철 과일과 채소 등 농산물을 모아 꾸러미 형태로 만들어 중간상인 없이 도시 회원(소비자)에게 직접 배송하는 직거래 사업 방식이다. 전국적으로 작목반, 농민회 등의 생산자 조직과 사회적기업, 지방자치단체, 농협 등에서 사업에 참여하고 있다. 농부들은 농산물 판매 걱정 없이 농사를 지을 수 있고, 도시 소비자는 먹거리에 대한 불신 없이 농산물을 다양하게 먹을 수 있는 '선물상자'다.[11]

어려운 일이에요. 그 가치에 공감한 사람들과 연대 없이는 불가능하죠. 그래서 단순히 농촌의 생산자와 도시의 소비자만이 아니라, 가치를 공유하는 관계이자 그룹이 만들어져야 하는데 그런 관계 중심의 농업을 요즘은 'CSA(Community Supported Agriculture)'라고 부른대요. 순창의 산골선물 꾸러미사업도 이 CSA사업으로 이끌어 가려 하고 있어서, 도시의 한 어린이집 어머니회 조직과 순창의 여성 농민회가 관계를 맺고 사업을 하고 있대요. 방학 때는 도시에 있는 가족들이 순창으로 캠핑을 와서 직접 만나며 단순 생산자와 소비자의 관계를 뛰어넘는 방식으로 한 걸음 더 나아간 거예요.

농민회 회장님은 이런 협동과 연대의 방식을 추구하는 농업을 이야기하면서, '먹거리정의운동'이라는 개념도 함께 소개해 줬어요. 먹거리정의운동은 유기농 식품이 좋은 것은 알지만 일반 식품보다 가격이 비싼 편이라, 가난한 가정에서는 어쩔 수 없이 유기농 식품을 먹지 못하는 현실에 대한 대안운동이에요. 예를 들면, 월 3만 원을 내고 꾸러미를 신청하면 농산물을 받아먹을 수 있는데, 이들 소비자에게 먹거리정의운동을 설명하고 동참하기로 한 사람에게는 3만 원에 10%를 더 부과한 금액(33,000원/월)을 받는 거예요. 그런 가정이 10가정만 생기면 가난한 1가정에 유기농 식품을 보내줄 수 있는 거죠. 우리 가족의 건강만 소중한 것이 아니라 이웃 가정, 특히 이웃

아동의 건강에도 기여할 수 있는 실천인 거죠. 멋진 회장님은 순창 산골선물 꾸러미사업도 이 먹거리정의운동에 동참하는 꿈을 꾸고 있는 것 같았어요.

"소농의 살길은 협동뿐이라고 생각해요. 농업도 대자본을 이길 수는 없겠지만, 소농들이 뭉치고 그 가치에 공감하는 사람들이 함께한다면 해 볼 수 있는 긍정적인 부분이 분명히 많을 거예요."

PPP

도쿄를 떠나서 고치현이라는 한계마을[7]로 이주한 1986년생 이케다 하야토가 쓴 〈시골 빈집에서 행복을 찾다〉라는 책에서 그는 "크리에이터(Creator)는 지방 이주를 통해 창조의 폭을 넓힐 수 있다."고 말했어요.[12] 신기한 게 엄마, 나도 시골에서는 매일 보는 것들이 새롭게 보이고, 사진을 찍고 글을 쓰고 싶어지고 그래요. 물론 도시에서도 그렇게 할 수 있는 사람들이 있겠지만 나는 이케다처럼 시골에서 더 잘 그래요. 이렇게 말하면 엄마가 묻겠죠.

---

7 인구 감소 등으로 65세 이상의 고령자가 인구의 50% 이상을 차지해 관혼상제 등의 사회적 공동생활을 유지하기가 어려워진 마을을 의미한다.

"넌 예술가가 아니잖니."

맞아요. 직업이 예술가도 아니고 과학자도 아닌 내가 사진 찍고 글쓰기 위해서 시골에서 살고 싶다는 건 취미생활을 더 잘하고 싶어서 이주하는 것처럼 들릴지도 몰라요. 그런데 엄마, 직업적으로 크리에이터가 아니더라도 누구나 한 번 선물 받은 각자의 생을 창조적으로 만들 권리가 있다고 생각해요. 생을 창조석으로 만드는 건 예술적 작업물이나 과학적 발명품 같은 것과 상관없이 내 삶을 남들에 의해서가 아니라 내가 원하는 대로, 남들과는 다른 나만의 삶으로 만들어가는 거죠. 그건 어디에서 무슨 일을 하고 살 건 가능할 거예요. 그런데 나는 앞으로의 내 삶을 농촌에서 창조적으로 만들어가고 싶어요.

그리고 엄마, 오늘 교육을 통해서 난 나의 창조적인 삶을 창의적이고 협동적으로 만들 수 있지 않을까 생각했어요. 창의적이란 말은 기존 세상에는 없었던 새로운 일이나 방식을 만들어 나가는 것까지 하고 싶다는 의미예요. 그러니까 난 농촌에서 새로운 일을 만들어 가고 싶어졌어요. 아직 그 '새로운 일'이 무엇인지 정확하게 말할 수는 없어요. 그렇지만 정기석 선생님이 알려준 대로 '마을시민'이 되려고 노력하다 보면 마을공동체에서 내가 할 수 있는 일이 있을 것 같아요. 그 일을 꾸준히 하다 보면 마을 구성원들이 내게 노동의 대가를 줄 거라 믿어 볼래요. 그 일은 마을 사람들이 부탁하는 일이 될 수도 있지만, '이런 것이 있으면 우리 마을에 도움이 되겠네!' 하고 내가 발견할 수도 있을 테니 아직 그 일이 무엇인지는 모를 수밖에 없어요. 많은 이들이 그렇듯 나도 보이지 않고, 불확실하고, 막연하게 시간을 보내는 것은 싫어요. 그렇지만 그런 불안정한 상황에서 창조성이 발휘된다고들 하니까 한번 해 볼래요! 이러다가 사회적 크리에이터가 될지도 몰라요. 하하하!

그리고 무엇보다, 나 혼자서 새로운 일을 만들겠다는 뜻이 결코 아니에요. 내가 뭐 그리 잘났고 대단한 능력이 있어서 혼자서 "이런저런 일을 내가 해 볼 테니 그 대가로 돈을 좀 주세요!"라고 할 수 있겠어요. 그렇지만 나와 생각이 비슷한 친구들 그리고 내가 사는 마을에서 나를 도와줄 수 있는 분들과 마을에서 오래 함께하다 보면 그런 일들이 만들어지지 않을까요?

믿어봐 주세요. 엄마~ 내일 만나요!

호박을 잘라서 볕이 좋은 마당에 말리고 있다. 제각각인 호박 단면이 마치 기하학 무늬 같다.

꽤 많은 사람이 농촌에서 기쁘게 살고 있어요

선배, 그 길을 먼저 가는 사람들을 만나자

엄마, 오늘은 이곳저곳 다니느라 바빴어요. 오후에는 순창 밖으로 나가 이웃 마을인 곡성까지 다녀왔거든요. 오늘 만난 사람들과 나눈 이야기들을 정리하며 드는 생각이… 세상 어디나 지금 이 순간 고통 속에 있는 사람들도 많지만(그래서 기억하며 함께해야 하지만), 기쁘게 살고 있는 사람들도 많다는 거예요. 기쁜 이유가 꼭 특정 장소에 있기 때문은 아닐 거예요. 하지만 나는 귀농·귀촌을 준비하고 있는 사람이니까… 농촌에서 기쁘게 살아가는 사람들을 만날 때마다 큰 힘을 얻는 것 같아요.

기쁘게 살아간다는 건 뭘까요? 엄마, 난 언제부터인지 잘 기억 나진 않지만, 꽤 오래전부터 이 '기쁘게 산다'에 대해서 생각해 보는 중이에요. 그래서 주변 사람들에게 편지나 엽서를 쓸 때면 늘 '기쁘게 지내길.'이라는 인사를 하고 있죠. 엄마는 내게,

"사람이 어떻게 재미있고, 하고 싶은 것만 하고 사노! 해야 하는 걸 하고 살아야지!"

라고 말하곤 하죠. 그리고 불교에서는 생이 곧 고통이라고 하기도 하구요. 그런데 엄마, 난 신이 있다면 주어진 일만 하느라 지치고 고통스럽게 사는 생을 살게 하려고 우리를 세상에 탄생시키진 않았을 것 같아요. 나를 만든 신이라면 생(生)이라는 게, 세상이라는 곳이, 꽤 살아봄 직하다는 것을 더 알려주고 싶지 않을까? 하고 생각해 보곤 해요. 살면서 큰 고통이나 슬픔을 마주하기도 하지만, 그 고통과 슬픔만이 아니라 희망과 기쁨이 늘 공존하는 것을 보면서 나와 모든 사람이 삶에서 기쁨을 느끼는 순간이 더 많길 기도해요.

하긴, 사람들은 모두가 기쁘고 싶고 그렇게 되려고 노력하죠. 하지만 맹목적인 기쁨의 추구보다는 기쁨을 어떤 것으로부터 어떻게 얻느냐가 중요한 것 같아요. 아직 명확하게 그 답을 정리하진 못했지만 한 가지는 확실해요. 삶의 기쁨은 개인마다 다르다는 것과 엄청난 것이라기보다는 내 일상에서 찾을 수 있는 경우가 많다는 것. 그런

의미에서 오늘 만난 사람들은 자신의 '직업'과 '재능'에서, 특히 그 능력을 주변에 '나눔'으로써 기쁨을 얻고 있었어요.

ppp

오전에 만난 분은 순창 농업기술센터의 주무관이었어요. 순창 농업기술센터는 구림면에 소득개발시험포(면적 17.9ha)라는 시설을 따로 두고 있는데, 이 시설을 관리하는 분이에요. 사실 교육의 주요 목적은 순창 지역의 특화작물들을 알아보는 것이었지만, 나는 어떤 특화작물들이 있고 얼마나 소득을 얻는지에 대한 이야기보다 주무관님의 모습이 더 인상 깊었어요. 주무관님은 순창의 농부들에게 순창 지역에 적합한 소득작물을 소개하고 보급하기 위해서 시험포에 다양한 작물을 심어 관리하고 있대요. 그가 얼마나 농가들을 위해 좋은 정보를 전달하고 도움이 되고 싶어 하는지 그 마음이 느껴져서 놀라웠어요.

"이건 블루베리 묘목이에요. 저희가 이렇게 심어서 잘 키워 놓으면 우리 순창 지역에서 블루베리를 키워 보고자 하는 분들은 몇 그루를 공짜로 가져가 심어 볼 수 있어요. 우리 지역 날씨나 환경조건이 블루베리랑 꽤 잘 맞거든요! 블루베리 말고도 이 시험포에서 실험한

소득개발시험포에서 시험 중인 아기 사과 알프스 오토매 종이다. 너무 이뻐서 먹을 수가 없다는 단점이 있다.

결과 작황이 좋은 작물들을 지역 분들께 알려 드리고 있어요. 그분들이 수확 잘됐다고 좋아하면서 인사하실 때 기분이 참 좋습니다!"

부끄럽지만, 내겐 시골 지역 공무원 중에 전문성이 뛰어나고 의욕이 넘치는 분들은 적을 것이라는 막연한 선입견이 있었어요. 그런데 오늘 만난 주무관님은 순창 지역에 특화된 소득작물에 대해 아주 전문적이었어요. 또 자신이 시험포에서 해 본 실험들을 통해 알게 된 정보를 농가에 알려 도움이 되기 위해서 여기저기 뛰어다니는 열정도 대단했죠. 그의 까맣게 탄 피부와 밖으로 나갈 때면 자동으로 착용하는 선글라스, 그리고 시험포를 돌아다니는 중에 수확물을 우리에게 맛보이며 신난 얼굴이 그 증거였어요. 뜨거운 햇살을 이겨내며 그 넓은 시험포 곳곳을 다녔을 그의 노력과 에너지가 우리 모두를 기쁘게 만드는 것을 느꼈어요.

ppp

오후에 곡성으로 건너간 이유는 항꾸네협동조합과 카페 농담을 만든 주인공으로 농촌에서 누구보다 활발하게 활동하는 귀농 선배를 만나기 위해서였어요. 2002년 귀농해서 2006년부터 곡성에 자리 잡은 이재관 선생님은 카페 농담에서 우리를 기다리고 있었죠. 농사꾼들이 담소를 나누는 곳이란 뜻의 카페 '농담', 작은 저수지가 바로 보여서 마치 유원지 카페에 온 듯한 착각이 드는 그곳에서 우리는 차를 마시며 선생님의 지난 그리고 요즘 살아가는 이야기를 들었어요.

선생님은 귀농 후 외부 인력을 고용하지 않고 다섯 명의 가족이 함께 농사짓는 가족농을 유지해 왔대요. 세 자녀도 어릴 적부터 밭일과 집안일을 자연스럽게 배우며 성장했구요. 지금도 카페 농담 뒤터에 있는 가족 텃밭에는 오밀조밀 다양한 농작물들이 자라고 있어요. 선생님은 유기농으로 최대한 기계 사용을 줄여 농사지을 때 유용한 여러 가지 방법들을 소개해 주셨어요. 무엇보다 소농, 특히 인력을 고용하는 공장식 방법이 아닌 필요한 노동력을 가족 구성원이 분담하는 "가족농이 사라져선 안 되고 무시당하지 않아야 한다."고 강조하셨죠. 물론 요즘은 가족 숫자가 줄어들어 가족농이 어려운 것이 사실이지만…. 이웃끼리 품앗이하지 못하고, 인력시장에만 의존하는 것을 안타까워하셨어요. 그래도 요즘에는 인건비를 지급해야 하는 외부 노동력을 제외하고 순수하게 자신들이 감당할 수 있는 노동량을 기준으로 농사 규모를 정하는 귀농자들이 많다고 해요.

선생님은 단순히 농사짓기만을 위해 귀농한 사람이라고 하기엔 손재주가 너무 좋은 분이었어요. 시골에서는 (9일 차 편지에서 이야기했듯이) 적정기술이 필요한 경우가 많은데, 선생님의 손재주와 창의성은 적정기술을 꽃 피우기에 딱 맞았던 거죠. 선생님의 집과 밭 곳곳에는 선생님의 손을 통해 창조된 물건이나 장치들이 정말 많았어요. 목공제품들, 각종 농기계며 건축물들, 거기다 멋진 그림과 글자들까지! 개인적으로는 선생님의 손재주도 손재주지만, 번뜩이는 아이디어들로 새로운 도구나 방식을 세상에 제안하는 것 같아서 놀라웠어요.

처음에는 가족 그리고 이웃 정도를 위해서 쓰이던 재주가 곡성

항꾸네협동조합 교육을 통해 제작된 오븐이 장착된 난로

작은 마을에만 머무르지 않고, 결국 협동조합을 만들기에 이르렀대요. 선생님이 함께 만든 '항꾸네협동조합'은 누구나 쉽게 배우고 활용하기 좋고, 시골살이와 지속 가능한 삶을 살아가기 위해 필요한 적정기술을 연구, 교육, 보급하는 공동체예요. 2014년에 만들어진 이 공동체는 지금까지는 농촌 지역 적정기술의 핵심인 화덕과 난로를 만드는 기술에 매진하고 있어요. 항꾸네협동조합에서 지금까지 개발해서 보급한 난로들이 전국 곳곳에서 사용 중이라고 하네요.

"모두가 다 적정기술의 발명가나 개발자가 될 필요는 없겠지요. 이미 소개된 기술들을 자신의 삶에 접목하는 시도부터 했으면 좋겠습니다. 도구를 쓰고 몸을 부려서 만들고 고치던 문화가 거세당하고 이젠 직접 무엇인가를 만들거나 시도해 볼 용기를 갖지 못합니다. 현대 산업문화는 사람들을 단지 소비자 자리에 머물도록 요구하며 삶에 필요한 대부분 기술은 모두 전문가들에게 의존하도록 만들어 버립니다. 우리에게 지금 필요한 것은 직접 시도하고 실행하려는 의지 아닐까요?"[13]

선생님이 한 칼럼에서 썼던 이 말이 항꾸네를 만든 이유를 가장 잘 드러내는 것 같아요. 그리고 항꾸네에서 가장 중요하게 여기는 것은 사람들을 직접 만나 적정기술의 이해를 돕는 교육 활동 같았어요.

"항꾸네협동조합은 아이들이나 청소년들도 꽤 많이 만나요. 적정기술이 뭔지 하나도 모르지만, 함께 불의 원리를 공부하고서 드럼통이나 (대형) 고추장통을 이용한 간이난로를 만들어 라면을 끓여 먹으면 모두 눈이 반짝반짝해요."

라고 말하는 선생님의 눈이야말로 반짝반짝! 자부심으로 빛나는 선생님의 눈빛은 아이들과 청소년들에게 적정기술을 교육할 때 느끼는 보람이 크다는 증거일 거예요. 그리고 아마 선생님은 더 많은 사람이 나에게 적합한 기술, 나의 이웃에게 필요할 적정기술을 조금씩이라도 직접 해 나가는 세상을 기대하고 있는 것 같았어요.

ppp

오늘 만난 두 농촌 지역의 선배님들은 누가 봐도 뛰어난 재능을 가진 사람들이지만, 자신의 재능을 자랑하기보다는 그 재능을 다른 사람들을 위해 나눌 때 기뻐하는 사람들이었어요. 내가 살아보고자 하는 농촌 지역에도 이렇게 삶의 기쁨을 오롯이 느끼는 사람들, 선배들이 있다는 사실에 힘이 되는 날. 어떤 길을 처음 걸으려 할 때 나보다 먼저 그 길을 가고 있는 선배들을 만나면 힘이 나고 기분이 좋은 것처럼 더 많은 농촌 선배를 만나보며 차근차근 준비할래요.

오늘 내가 이곳에서 삶의 기쁨을 맛보았듯이 엄마도 삶의 기쁨을 느낀 하루였길 바라며…. 잘 자요. :)

덧붙여, 생태뒷간을 소개할게요.

이재관 선생님네에는 눈을 돌릴 때마다 이쁘거나, 독특하거나, 기발한 것들이 보여서 정신이 없었어요. 그런데 히트 중의 히트는! 이제껏 봤던 것 중에 가장 아름답고 깨끗한 생태뒷간이었어요. 생태뒷간이 뭐냐면요, 수세식 화장실 이전에 우리가 대부분 사용했던 그 뒷간의 형태인데 일부러 수세식 화장실 대신에 분뇨가 거름이 될 수 있도록 처리하는 배설 공간이에요.

가족 텃밭을 가로지르는 좁은 길을 걸어 끄트머리에 닿으면 보이는 알록달록한 생태뒷간. 벽면은 환기도 잘되지만, 미적으로도 뛰어난 대나무로 되어 있었어요. 남성용 소변 칸은 외부에 덧대어 만들었는데 그 한 칸의 용도 또한 귀엽게 표현되어 있구요. 뒷간의 내부에 들어서면, 분뇨를 모으고 있음에도 전혀! 아무런 냄새가 나지 않아요. 더군다나 어느 화장실보다 환하고 탁 트인 시야(당연히 외부에서는 보이지 않는 안전한 공간이에요)는 이 공간이 아늑하게 느껴질 정도였어요. 뒷간 사용 방법은 뚜껑을 열어 일을 보고 나서 물을 내리는 대신 재와 왕겨를 뿌리고 다시 뚜껑을 닫으면 끝. 이 생태뒷간이 신기하고 좋아서 난 2시간 동안 화장실을 두 번이나 다녀왔다니까요! ㅋㅋㅋ.

1 이재관 선생님 댁 생태뒷간은 텃밭 끄트머리에 있다. 남성용 소변 칸까지 같이! 2 생태뒷간 내부

시골 생활, 결코 아름답지만은 않다

#주거난은 여기에도 있다

2. 빈집 천국에서도 어려운 내 집 찾기

나는 서울에서 12년을 살면서 총 5번 이사를 했다. 그중 단 한 번, 18개월을 사촌 언니, 오빠와 같이 작은 아파트에서 살았고 나머지는 모두 원룸에서 살았다. 원룸에 살면서도 계약 기간이 만료될 무렵, 집주인이 월세를 올리면 이사를 해야 했다. 그런데 직장생활 5년 차에도 난 대학생 때처럼 (크기가 조금 커지긴 했지만) 원룸에 살고 있었고, 그 원룸보다 더 괜찮은 나의 공간을 찾을 수 없다는 확신이 들었을 때 나는 무언가를 그만해야 한다는 생각을 했다. 내 집을 갖기 위해서는 내가 좋아하는 일을 그만해야 했고, 내가 좋아하는 일을 계속하려면 나는 이삿짐 싸기를 평균 2.5년에 한 번씩 하면서 평생 원룸에서 살아야 했다. 그 어느 것도 선택하고 싶지 않은 두 가지 사실 앞에서 나는 서울살이를 그만하기로 했다.

아파트가 아니고 좀 허름할지라도 나는 시골집에서 살 자신이 있었기에 선택의 폭이 넓을 것이라고 생각했다. 시골에서 집을 찾는 것은 오래 걸릴지 모르지만, 어쩌면 평생 살 내 집을 찾을 수도 있을 것이라 희망했다. 나는 서울과는 비교 불가능한 인구밀도와 집값 그리고 노인 인구가 대부분이라 시골에는 빈집이 더욱 늘어날 것이라는 전망에 가능성을 걸었었다.

그런데 나의 희망과 가능성의 판단은 또다시 장벽에 부딪혔다. 몰랐던 것이다. 빈집 천국이라는 시골이지만, 그 빈집들이 내 집이 될 수 없다는 것을…. 빈집도 빈집 나름이라서 기본적으로 사람이 살기에 적합한 집들은 적고, 그렇기 때문에 늘어만 가는 귀농·귀촌 희망자들과의 경쟁이 불가피하다는 사실을….

상황 1

귀농·귀촌 교육생들끼리 소원을 이뤄준다는 절을 오르며,

귀농희망자
A

얼른 소원 하나 정해요~. 소원 여러 개는 안 들어줘도 딱 하나는 들어 준대잖아~.

난, 최대한 빨리 집 구할 수 있게 해달라고 빌어야지.

귀농희망자
B

귀농희망자
A

어어! 나도 집 구하게 해달라고 빌 건데?

귀농희망자
C

나도야! 뭐야, 그럼 내가 일등으로 구할 수 있게 해달라고 빌어야지!

부처님 곤란하시겠네. 딱 하나 들어주긴 할 텐데 그 딱 하나가 스무 명 넘게 똑같으니 이건 소원 경쟁이잖아!

귀농희망자
B

귀농·귀촌을 준비하는 사람들끼리 모여 있으면 이런 웃픈 상황이 자주 발생했다. 나는 순창 농촌생활학교 10기 교육생이다. 나 이전에 아홉 기수가 있었다는 뜻이다. 100명이 훌쩍 넘는 모든 교육생에 대한 정확한 통계는 알 수 없지만, 기수마다 30~40%의 교육생들이 교육 이수 후 순창에 남기를 희망한다고 한다. 그런데 센터를 방문한 6기 이상의 교육생들을 만날 때면 그들은 이런 말을 하곤 했다.

"10기 여러분도 다 제 경쟁자예요. 벌써 순창만 해도 빈집을 찾기가 쉽지 않고 괜찮은 땅 찾기도 어렵거든요. 우리(1~9기 교육생 중 순창에 자리 잡길 원하는 사람들) 중에 당장 내년에 살 집을 또 새로 구해야 하는 사람들도 많습니다."

귀농·귀촌자들이 늘어나면 그만큼 경쟁이 불가피하다는 것. 도시만큼 살기 적당한 집의 숫자가 많지 않으니 그 비율을 따지면 쉽게 볼 일이 아니었다.

PPP

서울에서는 집이나 방을 구할 때 중개소를 찾아가거나 인터넷 카페와 어플 검색을 이용한다. 하지만 시골에서 집을 구할 땐 인터넷에서 정보 찾기는 거의 불가능하고 중개소도 별로 없다. 실제로 집

하늘 아래 내게 비와 눈 가려줄 지붕 하나 갖기가 이리 힘들다.

이나 땅 거래는 대부분 인맥으로 이뤄진다. 그래서 연고 없는 동네에서 집 구하기는 너무 어려운 일이다. 돈이 많다면 시세보다 몇 배 높은 가격으로라도 계약할 수 있겠지만, 나처럼 모아둔 돈이 적은 사람들은 그럴 수도 없다. 그나마 정말 다행히도 아무런 연고가 없는 귀농·귀촌 초보자들을 위해서 각 지자체에서 체험등지사업이나 빈집 임대사업을 정책적으로 점차 늘려가고 있단다. 이런 정책들은 비교적 저렴한 가격으로 집을 임대해서 일정 기간 살아보면서 주변 인맥을 통해 집을 구할 기회를 준다는 점에서 무척 고맙다. 그러나 귀농·귀촌자들을 돕기 위한 이런 정책들에도 장벽은 있다.

상황 2

귀농을 준비하며 빈집을 6개월간 임대하는 한 지자체사업에 신청했다가 떨어진 귀농희망자D.

귀농희망자
D

서울에선 집이나 방을 구하려면 돈만 있으면 되잖아.
그래서 돈을 더 벌려고 하는 거고.

그런데 시골에선 결혼을 하고 애를 낳아야 해.
왜냐하면, 인구수로 임대 순위를 정하거든.

그래서 나 같은 싱글 여성은 지원사업 도움 받아서
집 구하기가 너무 힘들어!

인구 늘리기라는 중대한 성과목표가 있는 각 지자체는 귀농·귀촌 정착인 숫자를 성과로 여길 수밖에 없다. 그러다 보니 빈집임대사업이나 체류형지원센터사업과 같이 일정 기간(대부분이 1년 미만이다) 주거지를 공급하는 사업을 시행할 때도, 한 가구당 숫자가 많은 경우를 선택할 수밖에 없다. 그래서 밑천도 없고, 가족 수도 적은 청년들은 지원 정책의 혜택을 받기 힘들다.

실제로 2015년 삼선복지재단의 보고서에 따르면 "귀농·귀촌한 청년들의 정착에 가장 큰 장애 요인은 주거(33.8%)"라고 한다. "경제력이 없는 청년들의 경우 대부분 이주 초기 지역 게스트하우스나 귀농인의 집(6개월 또는 1년), 지인의 집 등을 옮겨 다니며 단기 거주"하는 형태가 많아서 거주 공간에 대한 고민이 크다고 보고되어 있다.[14]

PPP

결국, 시골에서의 집 찾기 역시 서울만큼 힘든 것이 현실이다. 그래도 굳이 희망을 이야기하자면 도시에서는 그야말로 돈이 유일한 수단이지만, 시골에서는 돈 말고도 '관계'라는 수단이 더 있다는 것. 그래서 나는 오늘도 열심히 마을 분들을 볼 때마다 쑥스럽지만 "안녕하세요~." 인사를 한다. 혹시라도 내가 집을 구한다고 하면 내 인사를 예쁘게 보신 분 중에 한 분이,

"저 색시한테 집 빌려주지 뭐~."

하실까 하는 실오라기 같은 희망을 붙들어 보고자….

엄마가
싫어할 짓(?)을
하고 왔어요

겸허한 자긍심으로
마주하는 노동

엄마! 요즘도 나는 가끔 길거리를 걷다 노점상이 있으면 그 사람이 젊은지 늙었는지 확인하곤 해요. 아마 엄마가 종종 하던 말 때문인가 봐요.

"나는 희한하게 노점상 하는 할머니들 볼 때보다 젊은 사람을 볼 때 맘이 그렇게 짠하데~. 저 젊은 사람이 저 일로 하루 벌어 온 가족이 먹고살 수 있을까 싶어서…. 미래는 우짜노 싶어서…."

아마 엄마는 그 젊은 노점상인에게 나나 엄마의 아들을 투영하는 거겠죠. '내 자식이 노점상을 하게 되면 어쩌나…. 독립해서 자기 가족을 책임지고 살 때 돈을 벌기 위해 저리 험한 일을 하게 되면 얼마나 고생스러울까….'하는 생각을 하는 거죠? 엄마만 그런 게 아니라 자식 둔 부모라면 누구나 자신의 자식만큼은 안정되고 편안한 일을 하고 살길 바랄 거예요. 우리나라의 엄청난 교육열도 다 그런 마음에서 비롯된 것일 테니까요. 그런 의미에서 오늘 나… 엄마가 제일 싫어할 짓(?)을 하고 왔어요. 날일 실습을 했거든요. 일당제 농사일. 하지만 엄마, 오늘 난 '험한 일과 편한 일이 과연 무엇일까?'에 대해 깊게 고민했어요. 그러니 오늘 이야기도 잘 들어주세요.

ppp

　　현재 농촌의 노동력 운영 방식은 세 가지인 것 같아요. 우선 예전 방식대로 가족농 혹은 이웃과의 품앗이를 통해서만 노동력을 충당하는 비교적 소농인 경우, 두 번째는 구입한 각종 농기계로 인력을 대체하여 농사를 짓는 방식, 그리고 마지막으로는 기계를 사용하면서 기계로 대체할 수 없는 노동력을 돈을 주고 외부에서 고용하는 방식이에요. 외부인을 고용하는 경우도 두 가지로 나뉘어요. 일시적으로 일이 많아서 일당제로 날일하는 사람들을 사서 해결하는 경우와 인력이 늘 필요해서 노동자들(대부분이 외국인)을 고용한 경우예요. 생각보다 일당제로 사람을 고용하는 경우가 많았어요. 파종 시기와 수확기처럼 노동력이 집중되는 시기에는 사람 손이 절대적으로 필요하니까요. 그래서 농사전문가이든 아니든 날일을 하려는 사람들을 모아 일을 하는 거예요. 그래서 귀농·귀촌한 사람 중에서 자기 농사를 시작하지 못했거나, 농사를 짓지 않고 시골살이를 하는 사람의 경우 현금이 필요할 때 날일을 하는 사람들이 꽤 있는 것 같아요.

"날일 좀 하면 필요한 현금은 마련할 수 있어. 걱정하지마~."

라든가,

"한 달에 딱 열흘만 일하면 한 달 생활비는 웬만큼 만들 수 있지."

라는 말을 자주 듣기도 했어요. 그래서 농촌 사회를 이해하고 농촌일 체험을 제대로 하려면 날일을 해 봐야겠다고 생각했죠.

실제로 우리 교육 과정에 '날일 실습(지정된 농가에 가서 하루 일을 돕고, 일당의 일부를 받아오는) 교육'이 계획되어 있었어요. 그런데 막상 이 스케줄이 다가오니 두렵고 불안했어요. '귀농·귀촌 후에 생활비를 벌어야 하면 나도 일당제 해서 벌지 뭐~'하고 막연히 생각하고 있었지만, 사실 아는 분 농사일을 어쩌다 도와드리거나, 대학 때 한 농활 정도가 내가 해 본 농사일의 전부였거든요. 그런 내가 돈을 받을 수준으로 일을 한다면 너무 힘들진 않을까 두려워진 거죠. 거기다 엄마는 내가 예쁜 옷 입고 사무실에 앉아서 일하는 모습이 아니라 논밭에서 땀 흘리며 일하는 모습을 보고 싶어 하지 않을 텐데… 하는 걱정에 빠지기도 했어요. 그리고 무엇보다 가장 큰 불안함은 '나 역시 노동하는 내 모습에 열등감을 느끼지 않을까' 하는 점이었죠. 이런 상념들에 휩싸인 채 나의 첫 농촌 날일 체험이 시작되었어요.

ppp

아침 7시 반에 '임순남(임실, 순천, 남원)도농인력지원센터'에서 일하시는 분이 찾아와 우리 팀 3명을 동계리 한 농가로 안내했어요. 임순남도농인력지원센터[8]는 이 세 지역의 농가들이 때마다 일손을 구하는 것에 어려움을 겪는 상황을 돕기 위해서 일당제 노동력을 연계하는 곳이에요. 지역에 이런 센터까지 생길 정도로 농촌의 노동인구가 곤두박질치고 있다는 사실이 고스란히 드러나는 거죠.

우리가 도착한 농가는 집안 대대로 소유한 산에다 다양한 과수농사를 지어온 집이었어요. 주인 내외분이 오늘의 일을 소개해 주셨죠.

"오늘 우리 집에서 하실 일은 세 가집니다잉. 산에 가서 밤 줍고 꾸지뽕 따고, 시간이 좀 되믄 밭에 있는 남은 고추까지 따믄 됩니다잉~."

---

8 http://www.agriwork.kr/inswork

우리는 필요한 것들을 챙겨 경운기에 올랐어요. 세상에 있는 바퀴 달린 것 중 천하무적은 경운기 같아요. 사람 다섯을 태운 경운기는 차는 도저히 올라가기 힘들 좁디좁은 산길을 올라갔어요. 그리고 오늘 일할 지점에 어리벙벙한 실습생 3명을 내려줬죠.

순창 여기저기를 산책할 때 길에 툭툭 떨어져 있는 햇밤을 주워본 적은 있어도 이렇게 밤나무로 가득 찬 산에서 밤을 줍는 건 처음이었어요. (밤을 넣기 위한) 앞주머니가 있는 앞치마를 하고, 한 손에는 집게를 다른 손에는 포대를 쥐고서 산을 누볐죠. 고작 10분이 지나니 집게를 쥐었던 오른손이 저렸고, 겨우 20분이 지나니 주워 담은 밤의 무게로 무거워지는 앞치마 탓에 허리가 아팠고, 마침내 30분 만에 절대 하지 않으려 했던 소리, "힘들다."가 디져 나왔어요.

그런데 신기하게도 나는 정말 쉬지 않고 밤을 주워서 겨우 포대의 반을 채웠는데, 주인아주머니의 포대는 하나 가득 차 있었어요! 그리고 주인아저씨는 분명히 우리 옆에서 밤을 줍다가도 어느새 이곳저곳 흩어져 밤을 줍던 우리의 작업 포대에서 밤을 모아 농협에 수매 넘길 때 쓰는 40kg짜리 공식 포대에 담는 일까지 하고 있었어요. 밤이 떨어지는 절정의 시기라 도저히 두 내외분의 손만으로는 감당할 수가 없어서 (밤이 떨어지고 바로 줍지 않으면 벌레가 먹어버려 상품성이 떨어지기 때문에) 우리 일손을 불렀지만, 평소에는 두 분이

이 일을 모두 다 하고 있으니 진정 밤 줍기의 달인들인 거죠.

1시간 반이 지났을까…. 주인아주머니가 우리를 부르는 소리가 들렸어요. 직감적으로 알 수 있었죠. (아니 원하고 있었죠) 쉬는 시간이라는 것을…. 작업할 때 쓰던 포대를 깔고 산 중턱에 둘러앉았어요. 아침을 먹고 나왔는데도 컵라면이 어찌나 맛있던지! 참을 먹으며 이런저런 이야기를 나누는데 귀농·귀촌이 하고 싶어 교육을 받으러 순창에 왔다는 우리의 (정식) 소개에,

"아니, 뭣 하러 이 힘든 농사일을 하겠다고 들어와요~. 그냥 도시에 있지!"

'나 주워갑쇼~'라는 듯 빼꼼히 고개를 내민 밤들이 발길 닿는 곳마다 있으니 허리 펼 새 없이 집게질을 해야 했다.

라는 소리를 역시나 또 하셨죠. 평소 같으면 여유롭게 웃으면서,

"도시 일이라고 뭐 덜 힘든가요. 농촌 일 잘 모르니 차근차근 배워가며 하면 되죠."

라고 대답했을 텐데…. 오늘은, 아니 1시간 반 날일을 하고 있는 나는 아무 말도 못하고 컵라면만 먹었어요.

2시간 더 밤을 줍고 나선 집으로 내려와 점심을 먹었고, 점심을 먹은 후에는 꾸지뽕과 고추 따는 일을 했어요. 원래 일은 오전 8시에 시작했으니 오후 5시(중간에 점심시간 1시간을 빼서 8시간 근무)에 끝나야 하는데 3시가 지났을 무렵부터 장대비가 쏟아붓기 시작해서 어쩔 수 없이 (내게는 천만다행으로) 일을 철수해야 했어요. 그래서 6시간 노동의 대가로 5만 원을 받고 돌아왔어요.

PPP

사실, 현재 농촌의 일당은 (일의 성격이나 강도, 지역에 따라 차이는 있지만) 평균적으로 남성은 10만 원, 여성은 6만 원 정도래요. 그런데 오늘 우리가 한 일은 실습이기 때문에 5만 원을 받았고, 실제로 농가가 지급한 금액은 3만 원이래요. 어쨌든 6시간 노동의 대가로 받은 5만 원은 내게 많은 생각을 펌프질하고 있어요.

포대에 담긴 우리가 주운 밤들

우선은··· 엄마, 우리 농촌에서의 날일과 워킹홀리데이 비자(이하 워킹비자)를 받고 하는 다른 나라에서의 농장일을 비교하게 돼요. 엄마도 잘 알듯이, 우리나라 만18세~30세 청년 중에는 워킹비자를 받아 1년에서 2년, 호주나 뉴질랜드, 캐나다 등에서 체류하는 이들이 꽤 많잖아요. 물론 워킹비자를 받아서 해외 체류를 하는 사람들의 주요 목적은 영어 능력 향상이나 해외에서의 경험(여행)인 경우가 많아요. 그런데 그곳에서 워킹비자로 하는 일 중에 많은 경우가 농장일이라고 해요.[15] 그리고 이때도 시급으로 계산한 일당을 받게 되죠. 즉, 우리나라 청년 중에 해외 농촌에서 시급제 일을 해 본 사람이 꽤 많단 의미예요. 그런데 우리나라 농촌에서 날일을 해 본 이들은 얼마나 될까요?

개인적인 추측이지만 우리나라 청년 중에는 농촌에서 일당제 일을 해 봤거나, 해 보려고 하는 이들이 적을 것 같아요. 부모님 중에도 자식이 워킹비자를 받아서 호주의 농장일을 해 보는 것은 이해해도, 우리나라 농촌에서 날일 하는 것을 좋게 받아들일 분들은 많지 않을 것 같구요. 그리고 이런 경향은 우리 사회의 전반적인 인식으로 자리 잡은 듯해요. 이런 사회적 인식이 형성된 원인은 무엇일까요?

난 경제적인 이유로 먼저 접근해 봤어요. 호주에서 워킹비자로 일했던 후배의 정보에 따르면, 2016년 기준 호주의 최저시급은 17.29불, 약 15,000원이래요(호주 환율 $1=약 850원 기준). 그런데 시급제 일자리도 세금을 부과하기 때문에 실제로 받는 돈은 약 12,000원 정도로, 하루 8시간 일한다면 일당은 평균 96,000원이 돼요. 하지만 육체노동 강도가 센 일의 시급은 더 높아서 농장에서 일할 땐 평균적으로 20불 이상을 받아서 세후 일당이 약 120,000원 정도가 된대요. 그에 반해 우리 농촌의 평균 일당은 남성이 100,000원, 여성이 60,000원 정도죠. 이런 임금 격차 또한 청년들이 먼 나라 호주에서는 농장 일을 해도, 우리나라에서는 하지 않는 이유가 아닐까요?

우리나라에서는 많은 시급제(일당제) 일자리가 세금을 내지 않아요. 이는 월급을 받는 순간에는 이득처럼 느껴지지만, 노후를 보장해주는 연금을 받을 수 없다는 문제가 있죠. 그러니까 일당 일에는 나이가 들어 일을 하지 못하게 되는 시기를 위한 준비 기능이 전혀 없어서 오랫동안 하기에는 불안한 게 사실이에요. 만약 우리나라 최저임금이 인상되고, 시급제 일자리들도 세금을 통해서 고용보험과 연금 등 사회적 보호망 안에 속하게 되면 우리 농촌에도 젊은 사람들이 모여들까요?

PPP

이런 실리적인 비교와 생각들을 뛰어넘는, 결국 더 근원적인 고민이 나를 이끌어요. 엄마, 안정되고 편안한 일이란 건 과연 뭘까요?

소위 말하는 '-사' 자가 들어가는 직업을 가지는 것일까요? 하늘의 별 따기 같다는 정년과 연금이 보장되는 공무원이 되면 될까요? 아니면 비정규직이 아닌 정규직 일자리? 혹은… 육체노동이 별로 없는 사무직 일자리일까요? 그리고 이런 조건들이 아닌 (특히 몸을 써서 해야 하는) 일들은 험한 일이 되는 것일까요?

오늘 날일을 하면서 끊임없이 속으로 생각하는 나를 발견했어요.

'누군가가 내가 이런 날일 하는 걸 보면 뭐라고 생각할까?'

'아니지, 모든 노동은 동등하게 귀한 것이지 특별히 귀한 일이 어디 따로 있어?'

'근데 나… 농촌에 살면서 계속 이렇게 날일을 해야 하면 어쩌지? 늙어서는?'

'늙어서도 할 수 있으면, 몸을 써서 할 수 있으면 좋은 거지 뭘!'

이렇게 분열하는 나 역시 아직 노동에 대해 나만의 확고한 태도를 갖지 못한 게 분명해요. 우리나라에서 나고 자라면서 생긴 시선들로부터 여전히 나는 자유롭지 못하니까요. 그런데 엄마, 이반 일리치라는 철학자는 현대를 "전문가의 제국"[16]이라고 표현했어요. 모든 영역을 전문직화하고 그 전문성을 가진 사람들만이 접근할 수 있도록 하는 기득권화. 그 결과, 사람이 하는 노동의 강도를 고려하거나 모든 노동을 귀한 것으로 여기기보다는 기득권화되고 특수화된 노동만이 고소득이 되고 사회적으로도 더 가치 있는 것으로 여겨지도록 만들어졌다는 것이죠.

사회적 안전망이 더 탄탄히 뒷받침되고, 직업이나 노동에 서열이 없으며 사회를 구성하는 데 동등하게 필요하다고 여기는 인식이 공유되고, 무엇보다 각자가 자신의 삶을 존중하고 존중받는 분위기가 당연시된다면…. 노동을 바라보는 우리의 시선도, 노동을 마주하는 우리의 마음도 바뀔 수 있지 않을까요? 아들이 하고 싶은 일이 생겼다며 좋아하는, 그리고 아들이 원하는 일이 청소부라는 사실을 자랑스럽게 친구에게 전하는 코펜하겐의 엄마[17]가 우리 사회에도 생길 수 있을까요?

내가 하는 모든 노동을 겸허한 자긍심으로 받아들이면 좋겠어요. 살아가면서 내가 하게 되는 노동 그리고 타인이 하는 노동에 찬가를 부를 수 있으면 좋겠어요. 그러면 오늘 날일 실습을 하면서 '엄마가 가장 싫어하는 짓을 하는 게 아닌가'라는 불편한 마음도 가질 필요 없겠죠.

오늘은 몸도 머리도 치열하게 일한 날이네요. 꿀잠 잘 수 있겠어요. 잘 자요, 엄마. :)

똑같은 알밤 같지만, 자세히 보면 각기 나브다. 사림도 각기 다른 대로 가자이 삶을 살면 좋겠다.

농사만 지으며
살 필요 없대요

16
일차

.. 내가 재미있는 것을 찾자,
그리고 그걸 하며 살자

"오늘은 또 뭐했노?"

라고 엄마가 물어보면 좋겠어요. 왜냐하면 오늘은 순창 여기저기에서 각자가 재미있어하는 것을 하며 사는 사람들을 만나고 와서 나도 저절로 재미있었던 하루거든요. 요즘 언론을 통해서도, 책을 통해서도 독특하게 귀촌 생활하는 사람들의 이야기가 많이 알려져 있죠. 그런데 우리는 순창에서 교육을 받고 있으니까, 순창에서 귀촌 생활을 하고 있는 사람들을 만났어요.

시골살이에서 농사 이외에 대표적인 밥벌이는 게스트하우스나 카페, 식당을 운영하는 일 같아요. 도시에는 너무 흔한 일이지만, 시골에는 아직 부족한 것들이니까요. 더군다나 국내를 여행하는 사람들이 늘어나서 지역민뿐만 아니라 방문객들을 상대로 운영할 수 있으니 시작해 보기 좋은 일들 같아요. 오늘 만난 분들은 순창에서 이런 일들로 자리를 잡고 있는 귀촌 1세대들이었어요.

PPP

농부의 부엌

제일 먼저 방문한 곳은 농부의 부엌이에요. 문 앞에 서자 빵 냄새가 솔솔 풍겼어요. 천연 누룩 발효종을 이용해서 그 날 팔 빵은 그 날 아침에 굽는다는 소문답게, 식당 안은 빵 냄새가 그득했어요. 우리는 순창 읍내에 이런 분위기의 카페가 있다는 것에 놀라며 아기자기하게 꾸며 놓은 내부를 구경하느라 정신이 없었어요. 공간을 채우고 있는 소품들이 주인장의 관심과 성격을 고스란히 보여주는 듯했죠. 농부의 부엌은 주변 사람들이 직접 키운 농산물들로 밥상을 채우고, 주인장이 산과 들에서 직접 채취한 것들로 차나 간식 메뉴들을 만든다는 식당의 모토에 맞게 실내에도 농작물들이 소품이자 상품으로 자리를 차지하고 있었어요. 그리고 벽면 곳곳에는 여러 시(詩)가 전시

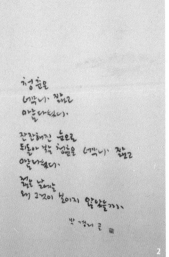

1 농부의 부엌을 채운 농작물들   2 공간에 분위기를 더하는 시   3 천연누룩발효시골빵, 깻잎 페스토와 감귤 마멀레이드

되어 있었죠. 고소한 빵 내음, 아름다운 시, 신선한 농산물, 따뜻한 온도 그리고 잔잔한 음악 선율…. 이 모든 게 어우러진 곳. 주인장이 생각하는 농부의 부엌은 이런 풍성한 공간이었나 봐요.

박문식 주인장의 귀촌 이야기를 듣기 위해 둘러앉은 우리는 빵과 차를 먹었는데, 빵이 정말 맛있었어요. 뭐랄까… 건강한 맛이었어요! 고향이 순창인 박문식 씨는 도시로 나가 일하다 올봄에 이 공간을 열었대요. 빵 굽는 일이나 음식을 만드는 일을 한 적은 없지만, 지금은 그 일의 즐거움에 빠져 있대요. 특히 산과 들에서 채취한 자연의 먹거리들을 접목해서 새로운 메뉴로 만드는 일에 집중하는 것 같았어요. 많은 먹거리가 있다지만, 자연 재료 중에는 우리 일상의 식재료로 사용되지 않는 것들이 여선히 많으니까 창조적인 실험을 계속할 수 있을 것 같아요. 주인장은 그런 실험을 통해서 건강한 밥상과 간식을 사람들에게 전하는 것을 기쁘게 생각하고 있었어요. 순창으로 돌아와 시골살이를 시작했지만, 농사에 전념하기보단 직접 만든 건강한 한 끼를 사람들에게 전달하는 일에 재미를 느끼는 사람인 거죠.

금산여관

금산여관은 1938년에 문을 열어 오랫동안 그 자리를 지켜왔대요. 그런데 순창에서 투숙하는 여행객이 줄고, 신식 모텔과 같은 숙박 형태를 찾는 손님들의 변화로 2007년 폐업했어요. 비어 있던 8년 동안 거의 쓰레기장처럼 퇴색해 버린 이 오래된 집이 2014년 6월에 다시 문을 열었어요. 홍성순 씨 덕분에. 홍성순 주인장은 금산여관에 대한, 그리고 순창에서 살고 있는 자신의 일상에 대한 애정이 넘쳐나는 사람이었어요.

"저는 순창이 고향이지만, 일찍 고향을 떠나서 오랫동안 도시에서 살았어요. 백화점에서 20년을 근무했죠. 전 여행을 정말 좋아했어요. 틈만 나면 여행을 다녔죠. 그리고 여행을 하면서 여자 혼자 여행할 때 정말 필요한 것이 터미널에서 가까운 숙소라는 사실을 절감했어요. 그래서 백화점 일을 그만뒀을 때 여행을 좋아하는 사람들을 늘 만날 수 있는 숙박시설을 만들어 운영하고 싶었어요. 우리나라 시골마을에…. 그래서 정말 많이 돌아다녔어요. 터미널 근처, 되도록 개조할 수 있는 오랜 한옥 건물을 찾았죠. 마땅한 곳을 쉽게 찾을 수 없었는데 엉뚱하게도 내가 절대로 돌아오지 않겠다고 했던 고향, 순창에 딱 있는 거예요. 이 금산여관 터가. 내가 쓰레기 산 같았던 이 건물과 터를 개조해서 다시 여관을 열겠다고 했을 때 모두 말렸어요.

금산여관의 뒷문

공사가 시작되고 저도 엄청 후회했죠. 하하하. 지금은 순창을 찾는 많은 여행객과 함께하는 공간이 되었지만요. 전 지금도 매일 여행을 떠나요. 내가 직접 떠나기도 하지만, 여행을 다니는 사람들을 만나면서요."

금산여관은 이미 유명해요. TV에도 몇 번 나왔고, 많은 언론 매체에서 순창 여행을 다룰 때면 빠지지 않고 언급되는 명소가 됐어요. 무너져 내리던 여관과 그 터를 없애지 않고 오히려 그 흔적을 최대한 살려서 여행객들, 특히 혼자 여행하는 여성들이 안심하고 쉬어갈 수 있는 독특한 공간을 만든 것은 여행을 정말 좋아하는 홍성순 주인장 언니였기에 가능한 일이었어요! 그녀는 순창이라는 소읍(小邑)의 가능성을 특히 강조했어요.

"순창에는 있는 것보다 없는 게 많아요. 그게 가능성이에요! 도시에는 뭐든지 넘쳐나잖아요. 그런데 여긴 없는 게 많으니까 자기가 좋아하는 일을 더 쉽게 시작해 볼 수 있어요."

'없는 게 메리트'라는 노래 제목처럼 지방, 지역, 시골이 오히려 더 가능성을 품고 있는 것일지 몰라요.

방랑싸롱

마지막으로 방문한 곳은 방랑싸롱이었는데, 방랑싸롱은 금산여관에 포함된 공간인 것 같기도 하고, 별도의 공간 같기도 했어요. 알고 보니 방랑싸롱은 금산여관 110호를 개조한 공간이었어요! 세계 곳곳을 여행하는 일을 했던 장재영 씨는 순창 여행에서 머물던 금산여관이 좋아지고, 순창이 좋아져서 이곳에 눌러앉으며 홍성순 씨와 상의해 이곳을 열었대요.

카페는 몇 개 있지만 장재영 씨가 좋아하는 맛의 커피를 제공하는 곳이 없다는 사실, 그리고 순창에 있는 수제맥주 공장의 맛 좋은 맥주 역시 제공하는 곳이 없다는 사실에 커피와 맥주를 팔기 시작했대요. 그렇지만 단순히 장사를 하고 싶어서 이곳을 만든 건 아니래요.

"순창에 있어 보니까 해 보고 싶은 일들이 참 많아요! 전 방랑싸롱에서 주말에는 미니 콘서트를 계속할 거예요. 조만간 아는 친구들이 재즈 공연을 하기로 했어요. 여기가 작은 콘서트장이 되는 거죠. 아! 향가 터널 가 보셨어요? 그 공간도 엄청 매력적이잖아요! 며칠 전에 순창 군수님을 잠깐 만났는데, 거기에서 행사를 해 보자고 제안했어요. 그 매력적인 공간에서 공연도 하고, 다양한 푸드 트럭들이 와서 맛있는 것도 팔고, 관광객들은 텐트 치고 캠핑도 하고! 여기엔 재미있게 해 볼 만한 일이 엄청 많아요!"

금산여관 옆 카페 방랑싸롱의 외관. 넓은 마당에서 마시는 커피 혹은 맥주 맛이 좋다.

ppp

순창 귀촌 1세대들을 직접 만나고 나니 '꼭 농사가 아니더라도 다양한 일거리들이 있을 것'이란 말이 조금 실감 났어요.

이케다 하야토는 고치현으로 귀촌 후 출간한 〈시골 빈집에서 행복을 찾다〉라는 책에서 한 챕터의 제목을 '없는 것투성이기에 더더욱 기회의 땅인 지방'이라고 지었어요. 그리고 그 챕터에는 자신이 1년간 발견한 고치현에서 해 볼 수 있는 일, 해 보고 싶은 일들에 대한 아이디어를 망라해 놓았죠. 고치현 농산물이나 특산물을 판매하는 플랫폼으로서의 온라인 쇼핑몰을 운영하는 일, 지역 먹거리로 만드는 독특한 탁주 제조, 빈집을 개조해 하는 민박사업, 생태뒷간(바이오 화장실)을 활용한 유기농 와인 농장 운영, 캠핑장 경영, 태양광 에너지 판매, 장애인들을 고용한 자벌형 임업 기업 등등 아이디어가 넘쳐나요. 이케다 하야토는 도쿄라는 거대 도시에서는 '하고 싶은 것을 찾을 수 없다'고 말하는 청년들이 많은 것도 "개인의 의욕이나 능력의 문제가 아니라 환경의 문제"[18]라고 주장해요. 이미 모든 것이 갖추어져 있고 넘쳐 나기 때문에 대단한 아이디어가 있는 사람도 자본과 인력이 없으면 시작할 엄두조차 내기 어렵다는 거죠. 그에 반해 시골은 좀 다른 환경이래요.

일본 사회만 변하고 있는 게 아닌 것 같아요. 엄마 딸 역시 자꾸 시골을 기웃거리며 귀농이니 귀촌이니 하는 삶이 궁금해져 이리 교육까지 받고 있잖아요. 그게… 좀 다른 삶을 사는 가능성을 찾아보고 싶은 거예요. 서울이 아닌 지역에서, 시골에서.

우리나라 청년과 관련된 이슈를 도시에 집중해서만 다루지 않고, 지역으로 확대해서 살펴보고자 2014년부터 삼선재단이란 곳이 포럼을 열고 있어요. 2015년에는 보고서도 출간했는데 그 보고서 서문에는 우리나라 청년 중에 (엄마 딸처럼) 도시가 아닌 지역으로, 시골로 이주하고 싶어 하는 이들에 대한 내용이 있어요.

> "자신의 시간과 공간을 소비사회에 잠식당하지 않고 직접 만들 겠다는 '문화적 삶'을 꿈꾸는 청년들의 농촌 이주 현상을, 단순히 '귀농'이라는 용어로 국한하기는 어려워졌다. 일본에서 등장한 '반농반X'처럼 '농사를 조금 지으며 생태적 삶을 실천하고, 나머지는 좋아하는 일을 하며 적극적으로 사회에 기여'하는 현상이 우리나라에서도 나타나기 시작했기 때문이다. (…) 이전 세대의 귀농이 전업농에 방점을 두고 있다면 지금의 청년세대는 농사뿐 아니라 대안적인 삶(다른 삶)과 문화적 귀농·귀촌 등으로 확장된 관점을 갖고 있는 것이다. 이는 삶의 방식으로 농(農)을 받아들이는 한편, 자신의 재능을 농촌 지역에서 활용하고 재미있는 일을 만들어내려는 다양한 시도로 연결되고 있다."[19]

도시든 시골이든 상관없어요. 사실 내가 원하는 건 아주 간단해요, 엄마. '뭐니 뭐니 해도 내가 재미있는 것을 찾자, 그리고 그걸 하며 살자.' 내가 재미있고, 의미 있다고 생각하는 삶을 살고 싶은 것. 그런데 공교롭게 엄마 딸은 그게 도시보단 시골에서 실현될 가능성이 더 높은 거예요. 지역에서도, 시골에서도 농사만 지을 필요는 없대요. 그저 내 방식으로 자연 가까이에서 그 흐름에 맞게 살면서 내가 좋아하는 일을 하며 사는 거예요. 맞아요. 귀농·귀촌이라는 거창한 말보단, 그냥 시골로 이사하고픈 거예요. 이사.

"대체 시골에서 니가 재미있게 할 수 있는 일이 뭐가 있겠냐!"

라고 되물으실 것 알아요. 그걸 찾아볼게요! 그걸 찾아서 한국식 이케다 하야토처럼 그 목록을 만들어 이사 전에 엄마에게 브리핑할게요! 반농반X의 X자리에 들어갈 것들을 소개할 날을 기다려 주세요.

잘 자요, 엄마. :)

3. 도시보다 무서운 인간CCTV 세상

귀농·귀촌을 고려하는 사람들은 걱정이 많다. 여러 매체에서 성공적인 귀농·귀촌 사례만큼이나 실패한 (역귀농) 사례 역시 많이 보여주기 때문이다. 2016년 농림축산식품부가 2012~2015년 귀농·귀촌한 1,000가구를 대상으로 조사한 결과 "다시 도시로 되돌아오거나 계획 중인 경우는 각각 4%와 11.4%"에 달하는데, 이들이 꼽는 역귀농의 원인은 "소득 부족(37.8%), 농업노동 부적응(18%), 이웃 갈등·고립감(16.9%), 가족 불만(15.3%), 생활불편(12%)"[20] 순으로 나타났다.

다시 말하면, 귀농·귀촌을 어렵게 만드는 요소로 농사에 뛰어들 자금, 역량, 기회의 부족이나 농사 외의 일자리 부족 그리고 주거난과 같은 경제적인 측면과 함께 문화적 측면, 특히 사람들과의 관계에서 오는 원인이 있는 것으로 분석된다.

도시도 시골도 모두 대한민국 땅 안에 있지만, 그 안에서 사람들이 살아가는 방식은 좀 많이 다르다. 혹자들은 바로 그 시골에서 경험할 수 있는 (끈끈한) 인간관계나 공동체 문화가 특별하기에 귀농·귀촌을 하고 싶다고도 한다. 그리고 실제로 그 부분을 알고 원했기에 잘 적응하는 사람들도 꽤 있다. 하지만 자신만의 스타일을 방해받고 싶어 하지 않거나 사생활 보호에 극도로 예민한 사람이라면 아마 시골살이는 기대와 다를지 모른다.

상황 1

초저녁, 마을 입구에서 지나가는 동네 어르신과 마주쳐서 인사를 했더니,

어르신

그(your) 집에 그(the) 아가씨
우리 아랫집에 놀러 와 아직 있더라.

전화해서 들오라허라잉~.

2015년 뉴스에 따르면 서울에는 3932.5평마다 CCTV가 한 대씩은 설치되어 있지만 지역으로 갈수록 한 대당 면적이 넓어진다고 했다.[21] 하지만 시골에서는 기계CCTV가 아니라 인간CCTV가 엄청난 위력을 과시한다. 마을마다 상황이 다를 수도 있지만, 여전히 마을 사람들은 서로 일거수일투족을 알고 있다. 이 부분은 공간의 구조적 특성이 아파트 일색인 도시와는 다르기 때문일 것이다.

이런 사례도 들은 적 있다. 귀농한 한 청년이 옆집의 농작물 수확기 일손을 도와주러 갔었다. 그리고 다음 날 아침, 코피가 조금 났단다. 전날 일이 무리였을 수 있겠지만, 그는 날씨가 건조하면 아침마다 코피가 조금 나곤 하는데, 그날 저녁 옆집에서 닭백숙을 해서 불러 놓고 말씀하셨단다.

"아이고, 우리 일 돕느라 얼마나 고생을 했으면 코피를 다 쏟았능 교~."

아침에 잠깐 코피가 흘렀고, 피를 잠시 휴지로 막고 있었을 뿐이었는데, 옆집 사람들이 다 알고 있었다는 것이다. 추측건대 아마 그가 코에 휴지를 틀어막고 있는 것을 지나가다 창문 너머로 본 것이 아닐까 싶다. 심지어 이런 경험담도 있다.

상황 2

귀농 3년 차 선배에게 정착 과정에서 가장 어려웠거나 황당했던 일을 물었더니,

귀농 3년 차
선배

> 저는 마을 할머니들 일을 도와드리려 애쓰면서 마을에 꽤 빨리 적응한 편이에요
>
> 그런데 귀농하고 몇 달 지났을 때 하루는 어떤 할머니 한 분과 따로 이야기할 기회가 있었어요
>
> 그분 말씀이 친해지고 나니 말하는데, 처음 제가 이사 왔을 때 우리 집 쓰레기봉투를 뜯어서 쓰레기를 살펴봤다는 거예요 할머니 서넛이!
>
> 내가 대체 뭐 하는 작자인지 알아보려고요!!

191

이쯤 되면 좀 오싹하다. 하지만 이런 상황들이 나쁜 의도로 일어나는 건 아니다. 외지인 한 명(한 가구)이 생겼을 때 마을 사람들의 관심이 그(들)에게 집중되는 것은 자연스러운 일이다. 그렇지만, 내 집에서는 뭘 하든지 다른(옆/위/아래) 집에서 알기 쉽지 않고, 쓰레기 역시 분리수거만 잘하고 대형폐기물을 내놓을 때는 스티커만 잘 붙이면 아무도 상관 안 하는 곳에서 살던 도시 사람이라면, 이런 상황들이 당황스러울 수밖에 없다. (범죄) 사건이 일어나지 않는 이상 CCTV는 나랑 상관없는 '물건'에 불과한 곳이 도시라면, CCTV처럼 나의 행적을 지켜보는 '사람'들이 즐비한 곳이 우리의 시골이란 사실을 이해해야 적응할 수 있다.

상황 3

젊은 사람이 없는 곳이라 청년C는 귀농 몇 달 후 면사무소에서 사무보조 아르바이트를 하게 되었다.

청년 C

면사무소에 동네 어르신들도 자주 들르시는데, 일한 지 두 달이 지나도 여전히 어르신들이 저를 모르는 것 같아요

아닐걸? 니네 동네 사람들, 모이기만 하면 온종일 니 얘기하고 있을걸?

토박이
선배

시골 사람들은 CCTV처럼 보고만 있지도 않는다. 내가 만약 귀농·귀촌한 외지인이라면 나를 두고 삼삼오오 모여서 이런저런 이야기도 참 많이들 한다. 다시 말하면, 내가 잘근잘근 씹히는 안줏거리가 된다는 의미다. 나에 대해서 잘 모르는 이들이 나를 화제로 이야기하고 있다는 사실 역시 찝찝하고 기분 나쁘다. 그러나 여전히 정보 전달이 인터넷이나 스마트폰이 아닌 직접 얼굴 보고 이야기하는 것을 통해 이뤄지는 시골에서의 방식을 받아들이지 못한다면, 영영 마을 정보로부터 낙오될 수 있다는 사실을 기억해야 한다.

ppp

공동체 문화가 남아 있고, 공간의 구조적 특성이 도시와 달라서 내가 생활하는 많은 부분이 공개되는 환경인 시골. 사생활이 보호되고 나만의 삶의 방식이 존중되어야 하는 나에게 이 부분은 여전히 고민되는 문화적인 차이다. 그리고 많은 이들 또한 이 부분으로 어려움을 겪을 것이다. 그래서 나는 오늘도 달리 생각해 보려 노력한다.

내가 한 마을의 일원이 되기만 한다면, 내가 쓰러지거나 어려운 상황에 있을 때도 짱가처럼 나타나 나를 도와줄 사람들이 있는 곳이 시골이고, 나를 향한 마을 분들의 관심과 관찰도 다⋯ 나를 향한 애정일 것이라고. 그러니 기쁘게 받으며 나 역시 내가 속하게 될 마을 사람들에게 늘 관심을 두고 관찰하자고.

그럼에도 불구하고, 난 시골집에 살게 되면 현관문은 꼭 잠그고 밤에는 블라인드도 꼭 내릴 것만 같다. (꿀꺽)

'지켜보고 있다', 내가 발견한 고양이와 CCTV 그리고 시골 어르신들의 유사점이다.

순창이
달리 보여요

17
일차

..지역, 아는 만큼
이해하게 되는 것

엄마! 오늘은 농촌이나 농사일에 대한 강의도 실습도 아닌 '순창 탐방'이 교육 주제였어요. 온종일 문화해설가와 함께 순창의 명소들을 돌아다닐 예정이었죠. 그래서! 우리는 김밥을 쌌어요. 탐방형 교육(혹은 소풍)에서 김밥이 빠지면 서운하니까요. 순창에도 김밥으로 천국도 만들고 나라도 만드는 프렌차이즈 가게가 하나씩은 종류별로 있긴 한데, 한 줄에 2천 원씩 주고 2분 만에 사서 나오는 건 우리 스타일에 맞지 않으므로! 1시간이 걸려 직접 김밥 20줄을 쌌어요. 남자 동기 한 명이 김밥을 처음 싸 본다며, 집에서는 차마 기회를 가져

196

탐방형 교육에 빠지면 서운할 김밥을 싸느라 분주한 아침.

보지 못했지만, 이것도 교육의 일종이니 해 보고 싶다고 도전해서 밥이 너무 많은 대왕김밥이 몇 술 만들어지기도 했어요. ㅋㅋㅋ.

　비가 부슬부슬 내리는 아침. 문화해설가를 따라 길을 나섰어요. 오늘 하루 우리를 이끌어줄 문화해설가는 바로바로, 우리보다 3년 일찍 이 교육을 수료한 4기 선배님! 농사에만 전념하는 '귀농'이 아니라, 다양한 일로 생활에 필요한 돈을 벌며 시골 생활을 하고 있는 귀촌 선배의 돈벌이 중 하나가 문화해설사래요. 순창을 방문하는 관광객들을 위해서 순창군이 운영하는 문화해설사 제도를 접하고, 재미있게 할 수 있겠다 싶어 시작한 일인데, 2년 넘게 수많은 관광객을 안내했던 능력을 오늘은 우리에게 써 주는 거죠. 출발!

spot 1. 순창 향교

spot 2. 충신리 석장승 & 남계리 석장승

spot 3. 신경준선생 출생지, 신말주선생 유허비와 귀래정

spot 4. 장류박물관

spot 5. 귀미마을과 섬진강 장군목

오늘 우리가 탐방한 주요 장소들이에요. 순창에는 군이 추천하는 순창 10경을 비롯한 다양한 박물관들도 꽤 있지만, 오늘의 안내자는 순창의 역사와 지리적 특징을 이해할 수 있는 곳들을 소개해 주셨어요.

예를 들면, 비가 내려 조용하기만 한 종합복지회관 뒷마당에 우두커니 서 있는 두 개의 석장승을 보러 갔어요. 마을의 풍요와 평안을 기리며 올린 지역의례라고 알려진 당상제와 장승제의 흔적이라할 수 있는 석장승들은 충신리와 남계리에 각기 따로 방치되어 있다가 이곳으로 옮겨 온 것이래요. 높이 170cm와 190cm, 너비 55cm와 35cm로 조금씩 차이가 있지만, 부조로 조각된 생김을 보자면 꼭 짝꿍처럼 느껴지는 석장승 둘. 아마 이렇게 함께 찾아와 설명을 듣지 않았더라면 제대로 보지도 않고 지나쳤을 거예요. 순창의 옛사람들이 마을을 지키는 신으로 여기며 세운 이 장승들은 순창 민중들의

세월을 담고 있는 것 같아서 오랫동안 그 해학미 가득한 얼굴을 보고 서 있었어요.

그리고 흔히들 섬진강과 순창을 연결 지어 생각하기 어려운데, 섬진강 최상류 지역의 매력이 고스란히 담겨 있는 장소가 순창 동계 리의 장군목이었어요. 장군목에는 맑고 센 강물살에 의해서 만들어 진 요강바위, 자라바위, 연꽃바위, 구로암 등 기묘하게 생긴 바위들

충신리 석장승와 남계리 석장승, 국가민속문화재라지만 누군가가 콕 찍어 볼 수 있게 하지 않으면 무심히 지나칠 수밖에 없을 듯하다.

이 각각 전해 내려오는 설화나 해프닝을 품은 채 군집을 이루고 있었어요. 내가 가진 섬진강의 이미지는 주로 섬진강 하류라고 할 수 있는 구례, 하동 일대의 모습이었던 터라 섬진강의 또 다른 모습을 보기에 아주 좋은 곳이었어요.

ppp

지난 4주를 순창에서 먹고 자며 지냈지만, 순창 탐방을 하고 나니 내가 알던 순창과는 또 다른 순창이 보였어요. 교육센터로 가는 길 마을 뒷산 위에 여느 정자처럼 보이기만 했던 것이 신숙주의 동생 신말주가 단종을 폐위한 수양대군에 반대하여 관직을 내려놓고 순창으로 낙향하여 지은 정자였다는 것도 새로 알게 된 사실이죠. 그리고 '장류박물관 일대를 왜 저렇게 큰 부지로 조성했지? 저거 다 예산 낭비 아닌가?' 했던 의구심도, 1년에 한 번 있는 장류 축제가 순창의 대표적인 행사이고, 전국적으로 관광객들이 상상 이상으로 몰려든다는 설명으로 풀리게 됐죠. 누군가가 말했더랬어요.

"순창을 좀 더 알고 나면, 순창으로 귀농하게 될 확률이 높아질 걸요!"

그 말이 참말인 것 같아요. 그리고 그 문장은 이렇게 바꿀 수 있죠.

"○○지역을 좀 더 알고 나면, ○○지역으로 귀농하게 될 확률이 높아질 수 있다."

그리고 또 바꿔 보면,

"○○지역으로 귀농하여 잘 지내보고 싶다면, ○○지역에 대해 공부하라."

라고 할 수도 있을 것 같아요.

그렇게 생각이 꼬리에 꼬리를 물자 내가 어디에서 무엇을 하고 살든지, 내가 사는 지역을 먼저 알아야겠다는 결론에 도달했어요.

난 귀농·귀촌을 할 것이니 그 지역의 자연환경을 파악하는 것은 당연히 중요할 테고, 혼자 사는 게 아닌 공동체가 남아 있는 마을로 들어가 살고자 하니 이웃들을 이해하기 위해서 그 지역의 문화, 역사를 알아야 하는 거죠. 그냥 그 지역에 살기만 한다고 해서 나 같은 이방인이 그 지역의 자연환경, 문화, 역사를 알게 되는 건 아닐 거예요. 그러니 어느 정도는 학습이 필요한 거죠.

또, 내가 귀농·귀촌에서 실패하지 않기 위해서라도 이 학습은 필요한 것 같아요. 내가 알려고 노력한 만큼 내가 선택한 지역에 대해 애정이 더 생길 테고, 그 애정은 언젠가 내가 그 지역을 떠나고 싶어질 때 버틸 힘이 되지 않을까 하고 생각해 봤어요.

PPP

내가 좋아하는 지역을 찾아낸다는 건, 인생에서 엄청난 발견일 것 같아요.

"어디서 사는 게 뭐가 그리 중요하냐 무엇을 하고 어떻게 사느냐가 중요하지!"라고 엄만 말할지도 몰라요. 그리고 언제부턴가 '지역'은 우리 일상에서 아무 의미 없는 무언가가 되어가고 있죠. 하지만 내가 행복해지고 머물고 싶어지는 집을 꾸미는 일만큼 내 몸이 편안한 자연환경이 있고, 매력적인 이웃 사람들이 살고, 배우고 싶은 역사와 문화가 있는 지역을 선택하는 일도 중요하다고 생각해요. 그런 지역을 선택할 때는 전 세계가 후보지가 될 수 있겠죠! 운명에 의해서 나고 자란 지역이라든가, 취업과 결혼에 의해 끌려가게 되는 지역이 아니라, 내 삶의 어느 기간 동안 나의 배경이 되고 나를 설명하는 요소로 어떤 지역을 선택하는 것은 지구별에 여행 온 여행자가 누릴 수 있는 권리 같은 게 아닐까요?

엄마 뱃속에서 나왔지만, 지구별 여행자이기도 한 엄마 딸이 선택하는 다음 지역을 기대해 줘요. 그 지역이 엄마 마음에도 들 수 있게 잘 찾아다녀 볼게요. 잘 자요. :)

한 우물만 파고
살아본 적은 없지만,
농사는 해 볼래요

땅을, 자연을
믿는 기다림

엄마, 5주 차인 이번 주에는 3일간 순창 지역에 귀농·귀촌한 선배들을 만나고 다녔어요.

1) 친환경으로 농사짓는 마을에 도시 사람들이 체험 방문을 오게 해 수익을 만들고, 마을공동체도 살린 귀농 12년 차 이장님

2) 남편은 딸기 농사의 달인이, 아내는 SNS를 통해 소비자들을 만나는 딸기 마케터 달인이 되어가는 귀농 3년 차 부부

3) 집 앞 100평 남짓한 텃밭에 과실나무를 심고 나무 아래에는

갖가지 밭작물을 키워서 완벽하게 땅을 활용하는 초보 농사꾼. 가족이 먹고 남은 수확물은 판매하여 이익을 얻고, 가끔은 마을 주민센터에서 시간제 아르바이트도 하는 바쁜 귀농 3년 차 50대 여성

4) 큰 밑천 없이 귀농했지만, 소득이 필요했기에 자금 회수율이 비교적 높은 쌈채소 하우스를 운영. 하지만 무섭게 자라나는 속도를 따라잡느라 정신없다는 귀농 2년 차 30대 남성

이렇게 다양한 모습으로 살고 있는 선배들이 들려주는 이야기에는 자신들의 현재가 있기까지 어떤 어려움을 겪었거나 현재도 겪고 있는지, 어떤 좌충우돌이 있었는지, 농사가 얼마나 힘든지, 아니 농촌 생활이 얼마나 녹록하지 않은지를 알려주는 많은 에피소드가 있었어요. 그야말로 살아 있는 교과서인 거죠! 그런 여러 어려움을 이야기했지만, 선배들은 시골 생활을 포기할 것 같지 않았어요. 자신들에게 딱 맞는 시골에서의 생존 방식(소득 창출 방식)은 아직 찾는 중일지 몰라도, 자신들에게 시골 생활이라는 옷이 꽤 잘 맞고 편하다는 것은 확인한 것 같았거든요. 농촌에서 살아 본 사람들이라 스스로 검증을 마쳤고, 이후 단계로 나아가고 있는 단단함이 느껴졌어요. 나도 언젠가 정말 시골에서 살아보면 "도시보다 시골이 맞을 것 같아

서…."라는 막연한 답이 아닌 확신에 찬 대답을 할 수 있겠죠?

PPP

　귀농 선배들에게 듣는 생생한 현장 강의. 그 3일간 여정의 종점
은 시목마을이었어요. 시목마을에는 농촌생활학교 1기와 2기 중에
순창으로 귀농한 이들이 여럿 살고 있는데 그 이유가 바로 지금 만나
러 가는 이 부부 때문이라는 소문을 들었어요. 마을 행사도 재미있
게 잘하고 평화롭기로 유명한 시목마을의 이장님이 바로 이 남편분
인데, 이들 역시 순창 토박이 농사꾼이 아니라 10년이 좀 넘은 귀농
인이래요. 이분들을 만나러 가는 길이 유독 설렜어요. 내가 이분들을
특히 만나고 싶었던 이유가 있거든요 엄마. 이 부부는 유기농법을 뛰
어넘어 자연농법에 가까운 농사를 10년 이상 짓고 있다고 들었기 때
문이에요.

　책으로만 읽었고, 다큐멘터리에서나 봤던 자연농법. 그 자연농법
을 10년 이상 하고 있는 사람이 우리네 농촌에도 있다니! 그 사실이
너무 놀라웠어요. 아, 자연농법이 뭐냐면 엄마, 지난번에 무농약 농
산물과 유기농 농산물에 관해서는 설명해 드렸잖아요. 그런데 자연
농법은 농약과 화학비료를 쓰지 않는 것은 물론이고 땅을 갈아엎는

경운 작업[9]도 하지 않고, 제초 작업도 되도록 피하면서 그야말로 자연이 주는 대로 수확하는 방식을 말해요. 물론, 작물의 성장에 방해가 심한 잡초가 너무 많을 때는 제초 작업을 하기도 하는데 그때 베어낸 잡초들도 그 자리에 다시 둔대요. 있던 곳으로 그대로 돌아가게 해서 땅의 기운을 빼앗지 않는 거죠. 왠지 울 엄마,

"이게 뭔 말도 안 되는 농사법이고? 그래가꼬 어디 뭐 따 먹을 꺼 하나 제대로 나오겠나?"

라는 표정일 것 같은데… ㅋㅋㅋ. '아무것도 하지 말자' 주의 같은 이 자연농법은 후쿠오카 마사노부[10]에 의해서 창안된 개념이에요. 이 후쿠오카 마사노부의 뜻을 이은 또 다른 일본 농부, 가와구치

---

9 경운 작업이란, 작물을 재배하기에 앞서 땅을 섞어나 뒤집어엎어서 덩어리는 잘게 부수고 흙을 부드럽게 하는 등의 작업을 말한다. 현재 우리나라 논농사의 경우에는 거의 트랙터가 경운 작업을 하고 있고, 평수가 작은 밭의 경우에는 관리기를 쓴다.

10 후쿠오카 마사노부(1913-2008)는 일본의 농부, 철학자, 환경운동가이자 자연농법의 창시자다. 무위자연을 그대로 현실로 옮긴 그의 자연농법은 무경운, 무농약, 무비료, 무제초가 핵심으로, 사무농법, 생명농법, 무위농법으로 불린다. 자연농법을 통해 지구의 사막화 방지와 인간의 건강한 식량 공급을 위한 녹색혁명을 일으킨 공로를 인정받아 1988년에 농업 분야에서 막사이사이상을 수상하였다.

요시카즈의 책을 나는 좋아했어요. 〈신비한 밭에 서서〉나 〈자연농, 느림과 기다림의 철학〉 같은 책을 통해서 자연농법에 대해서 알게 되었죠. 그는 인터뷰에서,

"자연농은 자연에 가까운 재배 방식이므로 작물은 훌륭한 생명이 완전하게 깃들어 있습니다. 이것은 또한 사람이 일생을 살아가는 의의와도 관련 있지요. 심신의 건강은 살아 있다는 것의 기본이 되는 것입니다. 살아가기 위해 필요한 먹거리를 자신이 키우는 것은 살아 있는 기본의 기쁨을 얻는 것입니다. 또한 논밭에서 나날을 보내면, 많은 생명들이 서로 살려주고 살아가고, 죽이고 죽고, 태어났다가 죽는, 생명영위의 모습을 볼 수 있으므로 살아가는 의미를 깨닫게 됩니다."[22]

라고 했어요. 뭔가… 그냥 농사법이 아니라 철학 같죠? 맞아요, 엄마. 내겐 이 사람들의 생각과 삶의 방식이 큰 울림을 주는 사상과 그 실천법 같았어요. 그런데 이런 자연농법에 가까운 농사와 삶을 사는 부부를 만난다니!!! 너무 기대됐어요.

PPP

드디어 만난 부부는 우리를 밝은 얼굴로 환영하며 집 안으로 이끌었어요. 거실에 들어서자 제일 먼저 보이는 것은 바로 웜벤치(Warm Bench)! 적정기술 교육시간에 사진으로 봤던 화덕난로형 구들의자! 이걸 실제로 사용하고 있는 집은 처음이라 우리는 모두 눈이 휘둥그레졌죠. 철이님과 돌멩이님은 자신들의 농사 이야기, 시목마을에 정착한 귀농 선배들과 함께하는 마을 가꾸기 이야기, 거기다 적정기술을 이용한 살림살이나 토종씨앗운동 동호회 이야기도 해 줬어요. 난 책이나 강의에서만 듣던 것들을 삶에서 고스란히 행하는 두 분이 그저 놀랍고 신기했죠.

단순히 농사를 짓는 귀농, 혹은 농촌에 이사 와 산다는 귀촌이라기보다는 삶 전체를 농적인 방식으로 바꾼 것. 일상 모든 부분에서 늘 자연의 순환에 따르며 한발 더 나아가, 사라지거나 파괴되는 자연의 요소들을 지키는 일까지 하는 철이님과 돌멩이님은 이런 생태적 삶에 대해 고민하는 사람들에게 롤모델이 되는 분들이었어요.

ppp

"아, 죄송해요. 진득하게 앉아서 깊은 이야기를 나눠야 하는데 오늘이 하필 저희 벼 수확하는 날이에요. 저 혼자 하는 일이 아니라 여

그야말로 황금빛 논. 일부는 넘어지고, 중간중간 잡초들이 벼보다 더 크게 자랐지만, 자연스러움이 드러나서 더 예쁘다.

러 사람이 도와주러 오기로 계획이 되어 있어서…. 어쨌든 같이 논에 나가 보시죠."

논은 바로 집 앞에 있었어요. 돌멩이님의 친척들이 살던 지역이라 귀농 후 친척들에게 땅을 빌려 벼농사를 지은 지가 10년이 넘었는데, 지금까지 무농약, 무비료에 트랙터도 가능한 한 사용하지 않았대요. 노랗게 익은 벼가 층층을 이루어 논에 펼쳐져 있었죠. 여러 사람이 논에 흩어져서 추수를 돕고 있었는데, 시목마을로 정착한 1, 2

기 선배들이었어요. 벼 수확 날짜를 돌아가며 정해 놓고 서로 도와가며 며칠에 걸쳐 마을 추수를 하는 방식이 몇 년째 이어지고 있대요.

철이님과 돌멩이님은 추수가 바쁜 와중에도 우리가 궁금해하며 던지는 갖가지 질문에 답해 줬어요.

교육생: 여기 중간 땅에는 검게 보이는 벼도 있는데 저 벼는 뭐예요?

철이님: 이 종자가 바로 토종 녹미예요. 겉은 까맣게 보이죠? 껍질을 벗겨 보면 녹색일 거예요. 요즘은 거의 생산되지 않는 녹미인데 저는 계속 조금씩이라도 키우고 있어요.

교육생: 그럼 밭농사는 어찌하세요?

돌멩이님: 밭농사는 정말로 손이 부지런해야 할 수 있어요. 요즘은 김장 배추가 막 자라기 시작해서 각종 벌레의 습격을 받고 있는데, 농약을 칠 수 없으니까 뭐… 손으로 한 마리 한 마리 잡아요. 아침저녁으로 틈날 때마다. 하하하.

교육생: 우리나라에서 무경운으로 농사짓는 경우는 거의 본 적이 없는데…. 정말 땅을 갈아엎지 않고 농사를 계속할 수 있어요? 땅이 딱딱해져서 뿌리가 뻗질 못할 것 같은데….

철이님: 저도 처음에 관리기로 흙 표면을 로터리 치는 일 정도는 해요. 그렇지만 관리기랑 트랙터는 완전히 다르죠. 관리기나

소는 가볍지만, 트랙터는 그 무게가 엄청나거든요. 그래서 농약 없이, 화학비료 없이 생겨난 땅속에 중요한 미생물들이나 벌레들이 다 죽어버려요. 사실 땅속에 미생물들이 충분하면 땅은 절대로 딱딱해지지 않고, 오히려 더 깊이깊이 부드러워지는데 그걸 잘 모르는 거죠 우리가.

추수철에도 누렇게 변하지 않고 검은빛을 띠는 이 벼는 토종종자인 녹미다. 껍질을 까 속을 보면 명료한 녹색의 알곡을 볼 수 있다.

추수한 알곡을 집 앞 도로에 펼쳐 놨어요. 비가 오지 않는 날 아침엔 이렇게 널고 저녁엔 서리를 피해 걷고, 비가 내릴까 싶으면 외출했다가도 달려와 안으로 거둬들이는 나날들이 시작되는 거죠. 철이님과 돌멩이님은 직거래로 쌀을 판매하고 있는데 구분받을 때 소비자의 요청에 따라 도정을 해서 택배로 보낸대요. 씨 뿌리는 일부터 소비자에게 배송하는 것까지 모두 다 두 분의 손을 거쳐서 신행되는 이 과정은 그야말로 정.성.인 거죠.

철이님과 돌멩이님의 '오늘'은 사실 추수를 하는 '하루'가 아니었어요. 돌멩이님의 친척분들이 빌려준 땅, 여느 논이 그렇듯이 비료와 농약으로 물든 이 땅에 다시 각종 생명체가 돌아오고 흙이 회복하기까지 기다린 시간. 땅에 힘이 생길 수 있도록 자연농법으로 농사를 지은 지난 10년의 축적물인 '오늘'이었죠. 오늘이 있기까지 이 두 사람은 어떤 마음으로 매일 땅을 마주했을까요?

가을 태양이 뉘엿뉘엿 뒷산으로 넘어가는 시간. 수업을 마치며 감사 인사를 전할 때 한 동기생이 말했어요.

"정말 10년 넘게 이렇게 자연농법으로 하셨다는 거죠? 그럼 우리도 할 수 있는 거네요? 안 될 거라고만 생각했어요. 책에만 있는 거라고…. 그런데 두 분이 계속하고 있다고 하시니 용기가 생겨요."

바로, 내가 하고 싶었던 말이었어요. 책이나 강의에서 이런 자연

차가 거의 다니지 않는 도로변에 추수한 쌀을 말리기 시작한다. 태양이 건조하는 기간, 자연의 시간에 의존하는 기다림이 또 이어진다.

농법을 접할 때마다 그렇게 농사를 지어야 할 것 같지만 왠지 불가능할 것만 같았어요. 과연 이렇게 하는 사람들이 있기나 할까? 의심만 했죠. 그런데 정말 하고 있는 사람, 10년 넘게 포기하지 않고 천천히 조금씩 나아가고 있는 선배를 보니 엄청난 용기와 희망이 생겨요.

♪♪♪

엄마, 생각해 보면 농사라는 건 사실 자연에서 우리에게 필요한 자연물을 농작물이라 지정하고 골라와 키우며 인간이 그 생명을 이어가는 일이잖아요. 그러니까 사실 씨 뿌린 대로, 자연이 주는 대로 수확해 먹고사는 게 순리일 거예요. 하지만 농사로 돈을 벌어야 하다 보니, 자꾸 자연을 거스르는 방식을 하나둘 쓰게 되는 거겠죠. 그런 농사를 무조건 나쁘다고 할 순 없어요. 실제로 수확량이 늘었고 덕분에 우리는 먹거리의 풍요 속에 살고 있죠. 하지만 만약에 자연을 거스르는 방식만을 계속 땅에, 물에, 공기에 그리고 농작물에 가하다 보면 언젠가 자연은 이전과 달라져 버릴지 몰라요. 더 이상 땅이 우리에게 먹거리를 만들어 주지 않는 상황이 온다면 어쩌죠? 그래서 천천히, 조금씩이라도 변해야 할 것 같아요. 땅이 회복할 시간을 주고, 땅이 스스로 힘을 키우도록 노력하는 것은 땅을 이용해서 돈을 벌고, 먹을 것을 얻는 우리네 농부들의 책임과 의무일 거예요.

어릴 적부터 "성공하려면 한 우물을 파라."는 말이 난 싫었어요. 우물 하면 같이 연관되어 떠오르는 개구리처럼 되는 게 싫었던 것 같기도 하고, 한 우물 말고 세상 갖가지 우물이 다 궁금한데 왜 한 우물만 파라는 건가 하면서 반항심이 솟구쳤죠. 그런 내가 엄마, 처음으로 쭉 파고 싶은 우물이 하나 생겼어요. 바로 농사예요. 그냥 농사가 아니라 자연농법으로 짓는 농사요. 물론 내가 정말 농사꾼이 되어서 경작하는 땅이 늘어난다면 완벽하게 자연농법을 지키지 못할지도 모르지만, 적어도 땅을 해치지 않고 농사짓는 우물 파기를 해 보고 싶어요. 자연농법에 의하면 땅이 회복하는 데는 적어도 3년, 그리고 땅이 제힘을 고스란히 보여주기 위해서는 10년도 기다려야 한다고들 해요. 그 3년에서 10년간 수없이 많은 실패와 유혹이 있을 테니 쉽진 않겠죠. 그렇지만 엄마, 나… 땅을, 자연을 믿는 기다림으로 완전 무장해서 조금씩, 천천히 해 볼래요. 농사라는 우물 파기. 엄마도 내가 파는 우물에서 솟구치는 지하수의 맛을 언젠가 보게 될 거예요! 그날을 기다리며, 안녕. :)

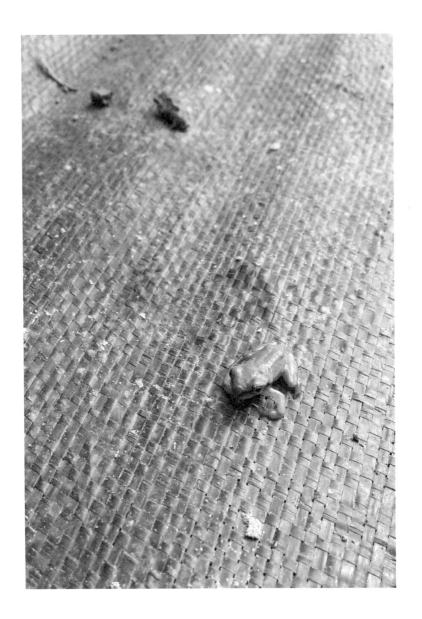

시골 생활, 결코 아름답지만은 않다

#관행은 쉽게 무너지지 않는다

4. 자연농, 소농은 소꿉장난?!

20~30대가 귀농·귀촌을 선택하는 이유는 '경쟁과 소비의 굴레에서 벗어나고 싶어서'가 가장 많다. 그리고 그다음으로 많은 이유가바로 '생태적 가치를 추구하고 싶어서'다.[23] 도시와는 다른 전원생활로 인생 2막을 살고 싶다거나, 새로운 수입원을 통해 억 단위의 연소득을 올리고 싶다는 은퇴층의 귀농·귀촌 이유와는 확연한 차이를보인다. 그런데 이렇게 생태적 가치를 지켜나가고 자연의 순환을 따르는 대안적 삶을 추구하고자 귀농·귀촌을 하는 사람들이 희망하는농사는 대개 자연농법 혹은 유기농법(적어도 무농약법)을 따르는 소농(小農)의 형태다.

소농에는 '작은 규모로 짓는 농사'란 사전적 뜻이 있지만, 전희식선생님에 의하면 소농이란 "규모에 의한 구분이라기보다는 농사법에 가깝고, 어떤 측면에서는 농사법을 뛰어넘어 삶 전체의 개벽"을의미하는 것이다. 왜냐하면, 소농은 "자연에서 빌려 쓰고 자연으로돌아가는 순환의 삶, 먹을거리부터 입을 거리, 교육, 노동력, 문화 등을 스스로 해결하는 자급의 삶, 공동체적 삶을 실천하는 것"이기 때문이다.[24] 이렇듯 소농이란 자연농법을 지향하는 자급자족의 농사인데 귀농·귀촌하는 사람 중에 이 농사를 원하는 사람들이 꽤 있고,나 역시 그런 사람 중에 하나다. 하지만 실제 우리네 농촌에서 이렇게 농사짓기란 결코 쉬운 일이 아니다.

    농사 자체도 고된 일인데, 모두가 하는 방식으로 짓지 않으니 그
고됨은 배가 되곤 한단다. 그리고 유기농법으로 농사짓는 이들이 자
신들의 경험담을 이야기할 때면 늘 빠지지 않고 등장하는 어려움 중
에 제일이 바로 이웃들로부터 받는 '시달림의 고통'이었다. 농작물과
의 전쟁뿐만 아니라 이웃들과의 전쟁도 있다니…. 우리 농촌 사회에
서 자연농을 추구하는 소농으로 살아가기란 아직은 쉬운 일이 아닌
듯하다.

시장에서 파는 모종과 씨앗들. 어디에서 온 것일까? 농업이 자본화, 규모화되어 버린 후 출처를 알 수 없는 것들
이 많아졌다. 결국, 우리 몸으로 들어갈 것들인데….

자연농법, 내 맘대로 하기도 어렵다

자연농법까진 얘기할 필요도 없이, 무농약 농사를 짓는 이들조차 흔히 직면하는 상황은 바로 이런 거다.

사례 1

귀농 후 한두 해 농사를 시험해 본 귀농자K는 유기농산물을 생산해 직거래로 판매하기로 했다. 판매할 정도의 양을 생산하기 위해 K는 동네 어르신에게 땅을 임대해서 농사를 짓기 시작했다. 한창 동네 어른들이 농약방에서 갖가지 농약을 사와 농약을 뿌리기 시작하는 무렵, 이미 도시의 지인들에게 유기농산물을 홍보한 K는 동네 어른들의 잔소리를 끊임없이 들어야 했다.

| 동네 어른 1 | 아니 김 씨. 약 안 칠껴?
지금이 딱 약을 쳐야 하는 때여~ |

| 동네 어른 2 | 아, 김 씨는 농사가 처음이라 잘 모르제?
농약방에 가서 뭐 키우는지 말하믄 해충제고 영양
제고 필요한 약을 싹 다 주니께 받아다 뿌리소~ |

| 동네 어른 3 | 아니 왜 약을 안 치고
이적 때까지 가만있데 그랴? |

마주치기만 하면 농약 뿌렸냐는 확인 질문을 안부인사처럼 듣던 K
는 처음 몇 번은 유기농으로 지어서 팔거라 약을 뿌리면 안 된다고
설명했지만, 언제부턴가 그런 말이 통하지 않음을 알고 그냥 웃고 넘
기기만 했다. 그런데 어느 날 아침, 평소보다 조금 늦게 밭으로 나가
던 K는 일을 끝내신 옆 밭 할아버지와 마주쳤다.

귀농자 K

벌써 일 다 마치고 오시는 거예요?
부지런도 하셔요

아, 약 쳐야 해서 해 뜨기 전에 나왔제~.

옆 밭
할아버지

귀농자 K

아… 약 치셨구나. 얼른 들어가 씻고 쉬셔요

하고 헤어지는 찰나, 할아버지가 한마디 덧붙이셨다.

그랴~, 아 글고 내가 약 뿌리고 남은 게 좀
있길래 김 씨네 밭에도 쳐줬어~.

옆 밭
할아버지

귀농자 K

ㅋ.ㅋ!!!!!

그렇다. 농사짓는 땅의 영역은 그 경계가 나눠어 있긴 하지만, 비닐하우스처럼 시설 재배를 하거나 담 쳐진 집 앞마당에 농사를 짓지 않는 이상 내 땅이라고 누가 못 보거나 못 들어가게 할 완벽한 방법이 없다. 농사는 그야말로 야외에서 모두에게 공개하는 하나의 설치 작품이고, 농사짓는 농부는 행위 예술자와 같다. 모두에게 공개되는 만큼 실수를 하거나 조금만 다른 방법으로 농사를 지으면 고스란히 들킨다. 그래서 행위 예술을 하고 있는 귀농자들은 농사 유경험 이웃들이 날카로운 관객의 눈으로 쏟아붓는 비평을 감당해야 한다. 혹자들은 이와 같은 온갖 비평들에 대응하기 위해 1) 듣는 척만 한다 2) 무시한다 3) 마주치지 않는다 등등을 해결책으로 제시하기도 한다. 이 비평이 잔소리로만 존재할 땐 큰 문제가 되지 않는다. 그런데 선의로 한 행동들이 내 농작물들에 어떤 영향을 줄 때는 당혹스럽다.

무농약 농작물을 공급하기로 약속하고 내가 아무리 농약을 안 뿌려도 바로 이웃 땅에서 농약을 과하게 써 버리면 그 농약이 바람으로, 물로 퍼지게 되니 무농약 농작물이 될 수 없다. 유기농 농산물을 생산하고 싶어서 화학비료를 치지 않고 있었지만, 겨우내 지자체에서 나눠준 포대로 벽을 쌓듯 쌓아 놓은 비료를 동네에서 한꺼번에 땅 여기저기 뿌려 버리면 내 땅에서 나오는 농작물에서도 화학비료 성분이 검출될 수밖에 없다. 그래서 우리네 농촌에서는 자연농법을 하고 싶다고 한들 내 마음대로만 하기는 어렵다.

관행, 쉽게 사라지지 않는 높디높은 벽

이렇듯 농사는 외부 요인에 영향을 많이 받는다. 이때 무엇보다 중요한 건 농부의 의지다. 그런 농부의 의지를 위협하는 요소가 있으니 바로, '관행'이다. 오래전부터 해 오던 대로 하는 농사, 관행농. 농사를 수십 년 지어온 농사꾼들에게만 있는 것이 아니라 한 사회 내에 농사를 짓는 특정 방법, 과정으로 굳어져 우리 사회 모두가 가지고 있는 관행. 그 관행에 대한 인식은 무척 견고해서 농부의 굳은 의지도 무너지기 십상이다.

사례 2

귀농·귀촌을 준비하던 P는 전국 5개 군에서 운영하는 귀농·귀촌을 위한 체류형 프로그램에 지원했다. 농촌에 아무 연고가 없거나 농사를 전혀 모르면 귀농·귀촌에 어려움이 큰 만큼 체류형센터에서 숙박하면서 농업 교육과 실습을 하면 큰 도움이 될 듯했다. 체류형센터 교육생들은 1년간 농사지을 땅을 각자 10~50평씩 분양받았는데, P 역시 50평을 분양받아 텃밭 농사를 시작했다. 수입을 위한 농사도 아니고, 분양받은 땅이긴 해도 땅에 해가 되는 일은 하고 싶지 않았던 P와 그의 아내는 텃밭 농사인 만큼 비닐 멀칭(Mulching : 토양 표면에 볏짚이나 비닐 등 다른 물질을 덮는 것으로 잡초 억제와 수분

증발 억제를 목적으로 많이 쓰는 농사법)을 하지 않기로 했다. 완전 자연농법처럼 제초를 하지 않기보다는, 처음 어린 싹이 올라올 때는 주변 잡초를 제거해 주는 방법으로 멀칭을 대신하기로 했다.

농사를 시작하는 봄이 되자 다른 교육생들은 일제히 관리기로 두둑을 치고 비닐 멀칭을 했다. 농사를 모르기는 매한가지이지만, 농사의 시작이라고 하면 땅을 갈아엎고 비닐로 멀칭하는 것이 1번이라고 생각하는 다른 교육생들은 삽과 곡괭이로 두둑을 만들어 비닐을 덮지 않고 농사를 짓는 이 부부를 이상하게 여겼다.

교육생 A

여름에 풀이 얼마나 많이 올라올 텐데…. 나중에 후회하지 말고 얼른 비닐 덮어요 풀은 뽑고 돌아서면 난다는 어른들 말도 못 들어 봤어요?

교육생 B

유기농 농사짓는 사람들도 이 비닐 멀칭은 다해요~. 잡초가 농작물 옆에서 양분도 다 빨아 먹어서 작물에도 안 좋다니까요!

풀이 얼마나 무섭고 해로운지를 경고하는 사람들의 말을 수십 번 넘게 들은 이들은 슬슬 겁이 나기 시작했고, 그 대안으로 신문지를 이용한 멀칭을 하기로 했다. 비닐보다 내구성은 부족할지 몰라도, 종

신문지 멀칭을 해 놓은 밭

이인 만큼 썩어서 흙으로 돌아가도 문제가 되지 않고, 언제든지 쉽게 부분적으로 변형이 가능하다는 장점이 있었다.

신문지 멀칭을 마친 어느 날 친환경 농업을 육성한다는 체류형센터 담당자가 밭에서 일하는 P를 보고 지나가며 한마디 한다.

센터
교육담당자

아유~ P 씨네는 농사짓는 게 꼭 빠끔살이
(전라도 사투리로 소꿉장난을 뜻한다)
하는 것 같네잉~.

농사를 업으로 하는 사람은 하나도 없는, 귀농·귀촌을 지원하는 센터공동체. 모두 다 초보이고 같이 배우는 입장이지만 대부분에게 '농사의 관행'은 박혀 있었다. 그렇기 때문에 그 관행과 달리하면 사람들은 잔소리를 한다. 이 부부가 만약에 이런 지원센터 공동체가 아니라 농사꾼들이 그득한 마을공동체로 들어갔다면, 그 관행의 벽은 얼마나 높았을까?

기적의 사과를 생산하는 것으로 알려진 일본 자연농법의 대가 기무라 아키노리는 자연농으로 사과를 키운 지 5년이 지나서도 밭까지 왕복 네 시간 걸리는 길을 새벽과 밤에 걸어 다녔다고 한다. 그 이유는 바로 그를 두고 '이상하게 농사를 짓는다'며 험담하는 이웃 사람들의 눈을 피하기 위해서였다.

"사람들의 차가운 시선을 받는 것보다는 마음이 편했다. 아무도 없는 무인도에 가서 사과 재배에만 몰두할 수 있다면 얼마나 좋을까. 사람들의 이목을 신경 쓰는 것에 비하면 병이나 해충 때문에 고민하는 것쯤은 아무 일도 아니라는 생각까지 들었다."[25]

이처럼 관행에 익숙한 사람들의 시선이 무섭고 힘들겠지만, 그래도 모른 척하고 '내 농사니 내 맘대로 한다!'는 마음으로 각자의 농사

를 지으면 된다. 하지만 만약 이웃들의 질타나 책망까지 들으면 자연
농을 계속할 수 있을까? 예를 들면, 가장 흔한 책망의 소리에는 이런
것이 있다.

"박 씨네서 유기농인지 친환경인지 한다고 약도 하나 제대로 안
치더만 우리 동네에 온갖 벌거지들이 다 생기지 않았소! 다들 벌거지
없애겠다고 애써 봤자 뭐하누? 박 씨네 땅서 벌거지가 알 까고 나와
서 우리 땅에 다 옮기는데!!"

이쯤 되면, 자연농이고 유기농이고는 모르는 일이고 그냥 농약을
쳐줘야 마을에서 계속 살 수 있을 것 같은데…. 어찌해야 할까?

ppp

근대화와 공업화를 거치며 제초제니 살충제, 유전자 변형된 씨앗
이니, 화학비료 같은 것들이 등장하기 전 우리네 땅에서 지었던 농사
야말로 유기농법 농사였을 것이다. 그러나 그 옛 시절 농사법은 우리
농촌에서 사라지고 1960~70년대 새마을운동과 함께 퍼진 농사법이
관행으로 자리 잡아 버렸다. 그래서 오히려 유기농법이니 자연농법
은 외지 것(?), 이방인들이 가지고 온 것처럼 여겨진다. 농촌 어르신
들은 자신이 태어난 마을에 이사 와 30년 넘게 산 사람도 '외지인'으

로 생각하는 경향이 있다. 그러니 원래 우리 땅에서 하던 농사법일지라도, 귀농·귀촌하려는 젊은 세대가 하려는 농사법은 '외지 것'이고, 농사를 전혀 모르는 애들이 하는 빠끔살이에 불과할지 모른다. 이 인식은 어쩌면 농촌에서 살 때는 결코 피할 수 없는 (마치 분뇨 냄새같이) 농촌살이의 일부라고 여겨야 한다. 나처럼 귀농·귀촌 후 소농을 꿈꾸는 이들이라면 이 점을 각오하고 있어야 적어도 3년은 기다림의 농사라고 하는 소농을 시작할 수 있을 것이다.

덧붙여서 소농은 단순히 농사 규모를 두고 정의할 수만은 없는, 농사법과 농사철학을 일컫는 말이다. 그렇지만 주로 농사로 먹고살려는 전업농부들이 아니라 텃밭 농사를 짓는 취미형 농부들의 농사로만 그 의미가 축소되어 있다. 물론 대기업 직장인들처럼 자식들의 대학 공부까지 뒷바라지하고, 시집장가 보낼 준비를 하는 전업농부들이 소농의 철학을 가지고 농사를 짓는 것은 수익의 측면에서 어려움이 있다. 하지만 소농의 철학으로 지은 농산물을 구매하는 소비자들이 늘어난다면, 전업농부 중에도 소농의 농사철학을 가진 이들이 늘지 않을까? 소농이 추구하는 가치에 공감하고 그 삶의 방식에 동참하는 사람들이 늘어나야 지구가 파괴되는 속도를 지금보다 늦출 수 있고, 무엇보다 건강한 농부들이 생산한 건강한 먹거리를 먹을 가능성이 높아질 것이다.

세상엔 (해야)
할 일이 참 많아요,
농촌에도요

21
일 차

.. 지역사회와
연결되어 살아가자

엄마, 오늘은 동기들이 두 팀으로 나뉘어서 관심형 탐방을 하고
왔어요. 시골집짓기 사례 탐방과 농촌형 복지 탐방이 주제였는데, 난
농촌형 복지 탐방을 택했어요. 시골집짓기에도 관심이 있지만, 순창
지역의 복지기관들을 둘러보고 싶었거든요. 이 주제를 선택한 (나를
제외한) 3명의 동기들에겐 각자의 선택 이유가 있었어요. 사회복지
사 일을 해 왔던 분은 농촌에서도 이 분야 일자리를 찾을 수 있을지
궁금해서 선택했고, 순창으로 귀향한 분은 농사도 짓지만 틈틈이 자
신의 고향에서 봉사활동을 하고 싶어서 선택했고, 마지막으로는 반

농반X하면서 살 때 지역사회와 연계된 활동을 해 나가고 싶어서 선택한 분이 있었어요. 그럼 나는 왜 선택했냐구요? 나도… 반농반X 하면서 돈벌이가 되는 X도 해야겠지만, 지역사회와 연계된 X도 하면서 살아야 한다고 생각했어요. 그리고 또 한편으로는 농촌 지역사회에서 필요한 역할을 하는데 그 일이 돈벌이가 되는 경우도 있지 않을까? 하고 궁금해져서 그 가능성을 좀 살펴보고 싶었죠.

PPP

오늘 방문한 곳은 총 세 곳이었어요. 아동·청소년들과 관련된 곳들만 방문해서 아쉬움이 남지만, 운영자들을 만나서 순창에서 이런 활동을 하는 것에 대한 전반적인 이야기를 나눴어요. 농촌형 복지라고 더 특별하거나 새로운 곳을 방문한 것은 아니에요. 평소 도시에서도 다 알고 있던 기관들이고 프로그램들이죠. 지역아동센터나 다문화센터는 이미 전국적으로 어디에나 존재하는 곳들이고, 꿈다락 토요문화학교도 한국문화예술교육진흥원이 지원하는 전국 단위 프로젝트 사업이니까요. 그래서 농촌형 복지 탐방이지만 기본적인 내용은 도시와 거의 유사했어요. 국가로부터 예산을 보조받기도 하고, 각종 감사를 받고 기준을 맞추기 위해 노력하는 것도 비슷했죠. 하지만 도시보다 더 일손이 부족하고 운영 방식도 소박했어요. 아마 순창만의 특징은 아닐 거예요. 농촌 지역이라서, 시골이라서 그렇겠죠….

도시에 있는 복지시설에서는 "자원봉사자가 너무 부족해요~."라고 말하지만, 시골에는 자원봉사자가 아예 없는 경우가 흔해요. 물론 간간이 큰 행사가 있거나 일손이 많이 필요할 때는 마을 단위에서 도와주기도 하지만 현재 시골에는 자원봉사자라는 개념이 생기기 어려운 상황이에요. 인구 구성의 대부분이 노령층이고, 마을의 몇 안 되는 젊다는 이들도 주로 전업농업을 하느라 눈코 뜰 새 없이 바쁘니까요.

그런데 문득 그런 생각이 들었어요. 복지를 '사회적 약자를 위한 특별한 보호 체계'로 이해해서 공공기관에서 담당하는 것으로 여긴다면 농촌에도 그런 복지는 미약하나마 의무적으로 존재하고 있죠. 하지만 이건 복지를 아주 좁게 해석한 거고, 사실 복지란 '그 사회에 속한 이들이 더 질 높은 생활을 할 수 있도록 하는 다양한 서비스'를 의미하는 것이니까…. 농촌에 사는 사람들 역시 도시만큼이나 여러 가지 사회복지를 누려야 하는데 그런 면에서 농촌 지역에는 복지가 부족해요. 그런데 도시에 있는 많은 사회 서비스가 모두 관(官)에서 운영하는 것은 아니잖아요. 그리고 반드시 비영리로 운영되는 것도 아니고. 그런 생각의 끝에….

'농촌에도 그 지역 사람들의 삶의 질을 높여 줄 수 있는 서비스나 시설들이 좀 더 생겨나야 하는데…. 그걸, 귀농·귀촌하는 사람들이 해 나가면 어떨까?' 하는 상상을 해 봤어요.

ppp

교육 중에 농촌형 복지에 대한 강의를 들은 적이 있어요. 영광군 묘량면에서 '여민동락공동체'를 만들어 살아가는 권혁범 선생님의 강의였죠. 권혁범 선생은 2007년 묘량면으로 대안적 공동체 운동을 하기 위해 다른 청년들과 함께 귀농했는데, 그 후 마을에서 만들어 낸 놀라운 사회 서비스들을 소개해 줬어요. 당시 묘량면은 여느 시골 마을처럼 노인층이 대부분이지만 마을에는 노인요양시설이나 프로그램이 하나도 없었대요. 그래서 묘량면 유일의 주간 복지시설을 만들어 15명 정도의 노인들을 돌봐 왔는데, 마을 바깥에 살아서 시설에 올 수 없거나 온종일 할 일이 없어서 쓸쓸히 지내는 할머니 할아버지들을 모른척할 수가 없었대요. 그래서 여러 마을 경로당을 거점으로 마을 학교 프로그램을 운영하고, 재가방문지원 서비스도 시작했대요. 이런 노인복지 프로그램을 운영하는 것은 마치 관에서 해야 할 일을 대신 위탁 받아서 하는 것처럼만 보였는데, '여민동락공동체'의 귀농 청년들은 한발 더 나아갔어요.

마을의 주요 인구를 차지하는 할머니들을 잘 살펴보니, 적은 액수라도 현금이 필요한 분들이 많았대요. 요즘은 군청에서 공공근로 형태로 노인층을 고용해 현금을 배분하고 있지만, 처음 묘량면에는 그런 일자리도 없었죠. 그래서 묘량면에서 많이 생산되는 모싯잎을 키워 송편을 만들어 팔기로 했대요. 모싯잎을 키우는 농사 작목반에 30명, 송편을 만드는 팀에 6명 정도를 2016년 기준 시급 6,500원의 일자리로 고용했어요. 70대 초반에 일을 시작하셨던 할머니들은 시간이 지나 평균 80세가 되셨지만, 해고는 없는 사회적 일자리를 만든 거죠.

그리고 생활에 불편함을 주던 요소를 찾아 제거해 주는 복지 활동도 있어요. 바로 '동락점빵사회적협동조합'인데요. 시골 마을 중에는 마을에 마트는커녕 구멍가게조차 없는 경우가 많아요. 그래서 차로 20~30분 떨어진 읍내나 인근 도시에 가서 장을 한꺼번에 보는 경우가 많죠. 그런데 차가 없거나 거동이 불편한 사람들에겐 이렇게 장을 보는 게 쉬운 일이 아니잖아요. 그래서 이 귀농 청년들은 이동형 슈퍼 '동락점빵'을 탄생시켰어요. 이동 차량에다 필요한 생필품이나 먹을거리를 싣고 다니며 마을 구석구석을 다니는 방식으로 운영하죠.

여민동락공동체의 멤버들은 자신들이 귀농한 마을에 함께 사는 사람들이 삶에서 불편해하는 것을 해결하고, 필요한 것은 찾아서 주는 것. 즉, 삶이 더 나아지는 복지 활동을 하는데, 이들이 하는 일 중에는 관(官)에서는 쉽게 찾아볼 수 없는 활동들도 있어요. 현실적으로 지금 시골에 사는 사람들에게 이 공동체처럼 마을에 필요한 복지를 찾아서 해 보라고 하기엔 어려운 부분이 많아요. 실제로 일할 사람이 극히 적으니까요. 그래서 이 영역이야말로 귀농·귀촌하는 젊은이들이 해 볼 수 있는 일들이 무궁무진하지 않을까 생각해요.

여민동락공동체에는 2016년 기준으로 15명의 젊은이가 일하고 있대요. 사회적경제기업지원사업에도 포함되고, 마을기업지원사업에도 포함되어서 이들의 임금이 비교적 안정적으로 지원되고 있어요. 그러니까 정리를 하면, 농촌에서의 사회복지는 복지의 차원에서만이 아니라 일자리 창출의 차원, 반농반X할 이들에게 좋은 X가 되어 줄 수 있는 영역의 차원으로 접근해 보면 좋겠다는 생각이 들어요.

PPP

농촌생활학교에서 지난 5주간 교육을 받으면서 매일매일 난 참 많은 사진을 찍었어요. 주로 주변 자연이나 농작물들의 모습을 기록하느라 바빴죠. 그래서 엄마에게 편지를 띄울 때 여러 사진을 함께 보낼 수 있었어요. 그런데 오늘은 그 주제도 대상도 다 사람들이라 그랬는지, 돌아와서 살펴보니 사진을 거의 찍질 않았어요. 유일하게 찍은 사진이 바로 다문화센터에 찾아갔을 때 센터 벽에 걸려 있던 팝 아트 초상화들이에요. 다문화센터에 의해서 다문화가정 아이들만이 아니라 마을 이웃들과도 연결되고 또 일상을 함께하고 있음을 보여 주는 상징물 같아서 찍었어요. 귀농·귀촌을 하면 나 역시 어느 마을, 어느 지역사회의 구성원이 될 텐데, 그때 내 얼굴도 어느 공동체 안에 함께 있도록 해 볼래요. 지역사회의 복지를 위해서 힘쓰는 공동체와 함께하는 시간이 내 X에 존재하도록 말이죠.

오늘 만난 분들은 부족한 일손에도 불구하고 지역사회와 그 구성원들의 더 나은 삶, 복지를 위해 일하는 분들이었어요. 각자의 자리에서 묵묵히 최선을 다하는 이들이 전하는 감동은 언제나 진리처럼 퍼져나가는데 오늘도 그 감동이 전해졌죠. 엄마, 더 나은 사회, 더 나은 삶을 살아가는 사람들이 늘어가기 위해서 세상엔 해야 할 일이 참 많아요, 그죠? 그런데 그건 농촌도 마찬가지예요. 인구가 좀 적다고, 마을공동체가 아직은 남아 있다고 해야 할 일이 없는 건 아니죠. 오히려 어떤 영역은 도시보다 더 취약하고 더 큰 어려움을 겪는 경우도 많아요. 귀농·귀촌한다면 꼭 지역사회와 연계되어서, 세상에 해야 할 그 많은 일의 일부라도 할 수 있으면 참 좋겠어요.

그런 선~한 꿈을 꾸며 오늘은 이만….

다문화센터 여러 구성원들의 얼굴을 담은 팝아트 초상화들

엄마가 그리 자주 말하던 농사실패, 그 쓴맛을 봤어요

.. 힘이 되어 줄
사람들을 만들자

드디어 6주 차, 마지막 주에 접어들었네요. 이제 4일의 수업만 마치면 이 농촌생활학교도 끝이 나요.

"웬 호랑말코 같은 교육이 다 있다냐 대체!"

라며 엄만 아직도 잔소리를 하고 있지만 그래도 이왕 시작한 것 끝까지 가 봐야죠. 그리 다 배우고 나서 내리는 결론이라면 믿음이 가지 않겠어요?

오늘은 엄마가 그토록 자주 말하던 농사의 어려움을 고스란히 맛본 날이에요. 농사가 어려운 건 노력 밖의 영역에 있는 여러 가지 이유로 늘 실패할 확률이 있다는 건데, 그 실패의 쓰저림을 간접적으로 체험한 날이거든요. 그래서 엄마에게 호기롭게 끝까지 다 배우고 결정하겠다고 말하면서도 사실 내가 정말 농사를 지으며 살 수 있을까 두렵기도 해요.

ppp

오늘 수업은 '마을 일손 돕기'가 주제로 정해져 있었어요. 한 마을을 정해서 그 마을이 필요한 일손을 돕고 마을 어르신들과 닭 몇 마리 잡아 마을 회관에서 함께 먹고 오기로 했었죠. 마치 대학 시절 여름방학 때면 갔던 농활처럼 말이에요. 그런데 주말 사이에 그 교육 내용이 좀 수정됐어요. 농촌생활학교를 이수한 L선배의 농사를 돕는 것으로요. 교육 내용이 바뀐 게 내심 의아했지만, 순창으로 귀농해서 농사를 짓기 시작한 L선배를 돕는 것도 마을의 한 사람을 돕는 것이니 일손 돕기에 해당하겠다고 생각하면서 L선배의 마을로 향했죠.

10월이라 고개를 숙인 노란 벼들이 가득한 논들이 펼쳐진 동네에 내렸어요. 사실 벼 수확을 이미 끝낸 농가들도 꽤 있었는데, 우리가 도착한 곳은 아직 수확이 끝나지 않은 논들이 대부분이었어요. 우리를 인솔한 센터 소장님이 말했어요.

"L 씨는 농촌생활학교를 이수한 뒤 바로 순창으로 들어왔어요. 논 농사도 하고 쌈채소 하우스도 시작했죠. 좀 천천히 해도 됐을 텐데 무리한 측면이 없지 않아요. 아직 완전히 농사가 익숙해지지 않았는데 혼자서 그 많은 일을 하겠다고 뛰어든 거죠. 작년에는 어찌어찌했던 것 같은데, 올해는 개인적인 집안일이 겹쳐서 농사에만 전념하질 못했던가 봐요. 농사를 다 망친 것 같은데 그 사정을 주말에 알게 됐거든요. 그냥 모른 척 지나칠 수가 있어야죠. 우리라도 오늘 좀 도와주면 좋겠다 싶어서 마을 일손 돕기 교육을 여기에서 하기로 했어요."

교육 내용을 변경한 경위를 소장님은 구체적으로 설명해 주셨어요. 우리는 어차피 농사일을 잘 모르는 교육생들이니 어떻게든 농사일을 접해 봐야 하는데, 도움도 줄 수 있으면 더 좋은 일이라 생각하며 일을 시작했죠.

오전에 할 일은 누렇게 고개 숙인 벼들이 서 있는 논들 사이에서 유일하게 탈곡이 끝나고 볏짚을 깔아 놓은 것처럼 누워 버린 벼들을 일으켜 세우는 것이었어요. 망쳐 버린 농사라지만 그래도 스스로 다 익은 알곡들이 있을 테니, 남들 다 추수할 때 이 논에도 콤바인(Combine : 농토 위를 주행하면서 벼·보리·밀 등을 동시에 탈곡 및 선별 작업을 하는 수확기계)을 들여 추수를 하긴 해야 했죠. 그런데 누워 버린 벼는 기계가 지나가도 추수를 할 수 없으니 대충이라도 벼를 볏짚으로 묶어 일으켜 세우기로 한 거예요. 우리는 각자 말린 볏짚을 한 묶음씩 들고 논의 가장자리에 적당한 간격으로 섰어요. 그리고 논으로 들어갔죠.

그런데! 물을 빼고 말리지 않은 논은 그야말로 갯벌 같았어요. 장화 신은 발을 땅속으로 빨아들이는 듯한 진흙은 걸음을 옮기기는커녕 제대로 서 있기조차 힘들게 만들었죠. 가을 태양은 중천으로 떠오르며 뜨겁게 내리쬐기 시작했구요.

누워 있는 벼들을 두 무더기씩 서로 마주 대고 볏짚으로 묶자, 진흙 속에 머리를 박고 있었던 벼들이 제법 서 있는 모양새가 되었어요. 그 상태로 며칠을 말리면 추수도 할 수 있을 것 같았죠. 그렇지만 일이 익숙지 않은 우리 속도로는 도저히 다 끝낼 수 없을 것 같았어요. 무엇보다 잘 여문 알곡이 달린 벼들도 있었지만, 진흙 속에 머리를 박고 있었던 탓에 발아를 해 버린 쌀알들도 있어서 과연 이게 추수가 되긴 할까? 하는 의심도 들었구요. 중간에 일을 쉴 때 한 동기가 말했죠.

"이렇게 말린다 해도 어디 제대로 수확이 되겠어? 아니 벼가 태풍에 넘어졌을 때 바로 일으켜 세웠어야지! 때를 놓치면 농사는 다 망해~."

'때를 놓치면 망한다.' 이건 어디에나 통하는 명제라지만, 농사

쓰러진 벼들을 두 무더기씩 마주 대어 볏짚으로 묶어 일으켰다.

는, 작물은, 생명체이기 때문에 절대 농부를 기다려주는 법이 없어서 진정 돌이킬 수 없도록 때가 지나가 버리는 것이죠. 이건 정말 무서운 사실이에요.

ppp

논 작업에 오전 내내 매달렸지만, 예상보다 작업 속도가 크게 나지 않는 상황을 보고, L선배와 소장님은 차라리 다른 작업을 하기로 했어요. L선배는 비닐하우스도 세 동을 빌려서 쌈채소 농사를 시작했었는데, 개인적인 사정으로 한동안 하우스 관리를 제대로 못했더니, 여름 사이 쌈채소들이 무서운 속도로 자라 버렸대요. 쌈채소는 본디 여린 잎을 수확해서 팔아야 상품성이 있는데 너무 커 버리면 잎이 억세져 맛이 떨어지고 무엇보다 꽃이 피면 더 이상 수확이 어려워지는 특징이 있죠.

"쌈채소 농사는 그래도 좀 쉽게 할 수 있는 농사라고 해서 하우스 세 동을 빌렸어요. 처음에 심었을 땐 관리가 잘됐는데 본격적으로 수확을 해야 할 때 하필 가족에게 일이 생겼어요. 그래서 하우스에 잘 와 보지도 못했죠. 한창 따서 팔아야 할 때를 놓친 데다가 여름이 되니까 애들이 너무 빨리 커 버리더라구요. 며칠에 한 번씩 올 때마다

더위로 말라 죽은 쌈채소가 남은 하우스

무섭게 자라 있었죠. 나중엔 뭘 어떻게 손을 대야 할지 엄두가 나질 않더라고요. 결국, 한여름이 지났더니 다 타 죽어 버렸어요."

오후 작업을 하러 하우스에 갔을 때 L선배는 하우스가 왜 죽은 식물들로 폐허가 되었는지를 설명해 줬죠.

우리는 쌈채소라고는 믿기 어려울 만큼 키가 커 버린 채 말라 죽은 것들을 다 뽑아내고 비닐 멀칭과 점적관수[11]호스를 걷어 내기로 했어요. 가을이 되고 새 농사를 시작하려면 땅을 만들어야 하니, 철수 작업을 먼저 해야 했죠. 그런데 L선배 혼자서 하우스 세 동의 철거 작업을 하기는 힘들 것 같았어요. 물론 며칠에 걸쳐서 한다면 할 수야 있겠지만….

가을볕으로 온도는 올라가고, 죽은 듯 보이지만 여전히 호흡 중인 농작물들 탓에 하우스 안 습도는 무척 높았어요. 그야말로 숨이 턱턱 막혔죠. 땀을 뚝뚝 흘리며 죽은 농작물들을 기계적으로 뽑아내는데, 어느 순간 아무도 말을 하고 있지 않았어요. 아마 모두 말라 비틀어졌지만 농작물, 그러니까 생명을 가진 것을 쓰레기처럼 치워야 해서 마음이 불편했던 것 같아요. 인간은 이렇게 우리를 배 불리기 위해 많은 생명을 마음대로 하는 존재란 사실을 또 한 번 느꼈죠.

PPP

---

11 점적관수란, 가는 구멍이 뚫린 관이나 호수를 땅속에 약간 묻거나 땅 위로 늘여서 작물 포기마다 물방울 형태로 물을 주기 위해 고안된 방식으로 하우스나 과수원에서 많이 사용한다.

작업을 끝낸 하우스 내부의 모습

몸도 마음도 힘들었지만, 말끔해진 하우스를 보니 뿌듯했어요.

"저 혼자서는 절대로 못했을 겁니다."

라고 말하는 L선배의 얼굴에는 온종일 한 번도 보지 못했던 미소
비슷한 것이 보였어요. 교육생들과 교육팀장까지 아홉 명의 손이 더

해져 오늘 안에 일을 끝낼 수 있었지만, 나였어도 혼자서 이 작업을 해야 했다면 시작도 못했을 것 같아요. 그냥 모든 게 기운 빠지고 막막하고 답답해서… 버려두고 도망가고 싶은 마음만 생기지 않겠어요?

혼자서는 손도 대지 못할 것 같은 일이어도 함께하겠다고 팔 건어붙이는 누군가가 있으면, 그리고 그런 사람들이 여럿이면 시작할 수 있을 때가 있어요. 시작뿐만 아니라 일을 끝마칠 수도 있죠. 특히 농사일에는 그런 경우가 많은 것 같아요. 그러니 농사에는 함께할 일손이 필요한 순간이 많다는 것을 잊지 말고, 정말 필요할 때면 도와줄 지지와 동참의 일손들과 잘 지내야 할 것 같아요.

PPP

일을 끝내고 L선배가 살고 있는 마을의 회관으로 갔어요. 적정기술 시간에 배웠던 이동식 드럼통 화덕을 가져와 닭을 삶았죠. (정말로 화력이 강해서 나무 연료가 다른 화덕보다 적게 들어 신기했어요!) 회관 안에 상을 펴고 음식을 준비해서 마을 어른들을 모셨죠. 어르신들 열대여섯 분 정도가 모이고, 우리도 함께 앉아서 닭을 뜯었어요. 물론 막걸리도 함께. 아, 땀 흘린 후 먹는 그 맛이란… 정말 꿀맛이었어요.

식사를 하면서 마을 할머니들이 말씀하시더라고요.

"L 씨가 우리 마을에 들어와서 저기 마을 회관 옆 빈집을 수리해 산 지 2년 좀 넘었제~. 그리 젊은 사람이 생기니 좋제. 근데 아무래도 농사짓는 건 영~ 그랴. 오늘 거 논에 가 봤지? 다 망쳤잖여. 쯧쯧."

마을 분들도 이미 다 알고 있었어요. L선배의 논과 하우스 상태를…. 그러면서 한마디 덧붙이셨죠.

"오늘 저 양반네 일 도와줬담서? 잘했어~. 우리 농사야 지금 할 것두 없어."

용접으로 만든 이동식 화덕 두 가지 모델,
닭 열 마리를 삶았다. 후다닭!

마을 어른들은 오늘 L선배를 도와준 우리를 기특해하셨어요. 자신들이 돕지는 못했지만, 그냥 낙심하게 두는 것은 마음이 쓰이셨던 것 같아요.

PPP

엄마 말대로 농사는 절대 쉬운 게 아니고, 자칫 한순간을 놓치면 혹은 그해 운이 없으면 실패할 확률도 높아요. 어떨 땐 한 해 농사만 실패하는 게 아니라 연달아 몇 년을 실패하기도 하죠. 무엇보다 자연에 의존해야 하는 부분이 크니까요. 그런데 그렇다고 모든 농부가 농사를 포기하진 않잖아요. 그 이유가 뭘까 생각해 봤더니 아마 포기하려 할 때 힘이 되어 주는 누군가가 있기 때문일 것 같아요. 사람마다 힘이 되어주는 이가 달리 있겠지만, 농촌에서는 주로 농사를 짓는, 비슷한 처지의 마을 사람들일 경우가 많은 것 같아요. 그에 반해서 귀농한 사람들은 기존에 마을 이웃이나 친척이 없는 경우가 많으니, 고립되어 생활하면서 농사 실패를 경험하면 역귀농해 버리는 경우가 많은 것 같구요.

그래서 귀농해서 정말 농사를 지을 거라면 (농사의 규모나 투자의 크기와는 상관없이) 실패는 피할 수 없고, 엄청 두려운 것이니까…. 내게 힘이 되어줄 사람들을 만들어야겠다고 생각했어요. 마치 오늘 L선배에게 농촌생활학교의 식구들이 그런 이웃이 되었던 것처럼 말이에요.

내가 만약 농사를 작게라도 시작한다면, 나에게 힘을 줄 수 있는 사람들은 누가 있을까요? 그 사람들부터 잘 찾아 놓고 다시 생각해 볼게요. 아, 엄마가 그중 한 사람이 되어 주면 참말 좋을 텐데. ㅋㅋㅋ. 암튼, 쓰디쓴 농사 실패를 경험한 하루. 숙연한 마음으로 내일을 준비할게요. 평화. :)

시골 생활, 결코 아름답지만은 않다

#고용은 없지만 일자리는 있다

5. 시골에선 클릭하지 말 것, 채용공고.

· 난 삼십 대 싱글 여성이다.
· 난 시골에서 태어나 초등학교 입학 전까지의 유년기를
  보냈지만, 농사일은 모르고 자랐다.
· 난 전문직 혹은 기술직 일이 아닌 사무직 일로 서울에서
  밥벌이를 하고 살았다.

이 문장들은 귀농·귀촌을 해 보고 싶어서 농촌생활학교 교육을
받고 있다고 하면, 쏟아지는 대표적인 질문들에 대한 나의 주요 답변
이다. 즉, 사람들은 귀농·귀촌에 도전하는 나에게 결혼했는지(해서
밥벌이를 책임져줄 남자가 있는지), 농사를 지어 봤는지(더 정확하게
는 부농의 딸이나 며느리쯤 되는 금수저인지) 혹은 특별한 능력이 있
는지를 묻는다. (나이가 많은 동기들에게는 여기에 추가로 벌어놓은
게 좀 되느냐 혹은 퇴직연금이 나오느냐는 것을 묻기도 한다) 어쨌든
이 모든 질문을 요약하면,

"농사짓는 것 말고도 먹고살 수 있는 믿을 만한 구석이 있는가?"
란 질문이고 그에 대한 나의 대답은,

"없다."

이다. 그러면 백이면 백, 다들 고개를 절레절레 저으며 그냥 서울
가서 살라고들 한다. 농사만 지어선 먹고살기 힘들고, 농촌에는 일자

리가 없으니, 아직 젊은 처자일 때 도시로 가서 계속 하던 일도 하고 결혼도 하라는 것이다. 그렇게 살다가 먼 미래에 돈도 좀 모으고, 퇴직하고 나서도 농촌에 살고 싶으면 그때 전원생활 하러 와도 늦지 않다는 결론. 그러나 앞서 설명했듯이 나는 이미 도시에서의 삶이 아닌 농촌에서의 생활이 나의 일상을 더 만족시켜 주리라 생각하기에 이런 대화는 그저 웃으며 넘긴다.

내가 어른들의 충고/권유/협박을 웃어넘기며 배짱을 부리는 것은 아마 아직 현실에 직접 부딪히지 않았기 때문이고, 또 다른 이유는 반농반X라는 대안을 알고 있기 때문이다. 시오미 나오키는 다음과 같이 반농반X를 제안한다.

"하루 여덟 시간을 일한다면 그 절반은 자신의 먹을 것을 합리적인 방법으로 재배하는 데 쓰고, 나머지 절반은 무언가 수입이 되는 일에 할애하면 된다. 그 시간을 엄격히 5 대 5로 나누기보다 4 대 4 정도로 나누고, 나머지 2는 마음껏 놀거나 자연을 가까이하는 데 쓰면 좋을 것이다. 그런 어중간한 방식으로 먹고살 수 있겠느냐고 질책할지도 모르지만, '먹고산다'는 건 원래 말 그대로 자신과 가족의 심신을 적절한 음식으로 건강하게 유지한다는 뜻이 아닌가?"[26]

so

그러니까 가장 먼저는 기본 소비를 줄이고, 먹거리는 소규모 농사를 통해 자급자족의 비율을 높이고 나머지 필수불가결한 재화의 부분만 소득용 일을 통해 충당하는 것이다. 그리고 나머지 시간은 자신이 좋아하는 일, 지역사회에 기여하는 일을 하는 방식이다. 현실에 직접 부딪히지 않은 나는 '정말정말 필수불가결한 돈이 얼마나 되겠어' 하며 팔짱을 꼈다가, '그 정도 돈이야 뭐 내가 못 벌겠어?' 하면서 스스로 안심시켜왔다.

그런데 점점 구체적인 농촌 생활을 계획하려니, 그 정도 돈을 벌기 위해서 난 뭘 할 수 있을까? 하는 무시무시한 질문 앞에 서게 된다. 퇴직을 했고 모아둔 돈으로 전원생활을 꿈꾸거나 대규모 전업농 투자를 준비하고 있지 않다면 어떻게 해야 할까? 농촌에서의 돈벌이 혹은 일자리에 대해서 지금까지 내가 알게 된 사실들을 좀 정리해 봤다.

농촌에서 재화를 만드는 가장 쉬운 방법은 일당제 일을 하는 것 같다. 내 농사로 필요한 재화를 충당하면 가장 좋지만, 그러려면 꽤 대농이 되어야 하고 땅을 구하거나 기본 시설을 만들기 위한 밑천도 필요하다. 그러하기에 나의 먹거리를 위한 농사 정도만 짓고, 한동안은 다른 농사에 필요한 일손으로 아르바이트를 하는 것이 농촌에 와서 생존하는 가장 일반적인 방법이다. 하지만 육체노동에 대한 편견에서 스스로 해방되어야 하는 큰 과제도 있고, 무엇보다 농사일을 하는 일당제인 만큼 몸이 고되다. 만약 농사가 적성에 맞지 않거나 몸이 고된 일을 도저히 못하겠다면, 어떻게 시골에서 돈벌이를 할까? 시골에도 농사일이 아닌 일자리는 있다. 하지만 그 일자리가 도시에서의 형태로 존재하진 않는다.

사례 1

나는 평소에 살아보고 싶은 지역으로 마음에 두고 있었던 B군 군청 홈페이지를 둘러보던 중 교육지원청에서 사무보조 계약직을 채용한다는 공고를 보았다. 공공기관에서 일을 하면 연고가 전혀 없는 B군에 정착하는 데 여러모로 이득이 많을 것 같았다. 무엇보다 그동안 해온 일과 별반 다르지 않아 일하기 편하고 안정적일 거라 생각했다.

그런데 지원서를 작성해서 제출하려고 보니 이상한 점이 두 가지 있었다. 우선은 채용 기간이 일주일에 불과했다. 금요일 자로 공고문이 올라왔는데 그다음 주 금요일이 모집 마감이었다. 거기에 더해 지원서 제출은 반드시 직접 해야 한다는 것이다. 즉 이메일이나 우편 제출은 불가하다는 것. 마감 이틀 전에 이 공고를 봤으니 내일이라도 다녀올 수 있지만, 조금이라도 늦게 봤더라면 지원도 못했을 거라 위로하며 나는 다음 날 버스에 올랐다.

1시간 반 버스를 타고 B군에 도착한 뒤 교육지원청까지 20분을 걸어갔다. 담당자가 있는 사무실에 들어가서 사무보조 채용 지원서를 제출하러 왔다고 했더니 사람들의 표정이 이상했다. '내가 못 올 곳이라도 온 건가?' 하는 기분이 들었지만 나는 담당자를 찾았고, 그 분위기를 수습하려는 듯 한 중년 여성이 내게 와서 말했다.

중년 여성

아… 그 사무보조 채용 공고를 본 거예요?
담당자 자리가 저기인데 오늘 출장이라 자리에 없어요.
저 자리 위에 제출하고 가세요.

나는 빈자리에 놓인 담당자의 명패를 확인하며 서류 봉투를 놓았고, 그때 바로 옆 책상에 앉아 있는 20대로 보이는 청년과 눈이 마주쳤다. 사무실을 나가려는 찰나 아까 그 중년 여성이 내게 말했다.

중년 여성

그런데 이번 채용 공고는요, 사실… 전임자가 있어요.
그러니까 전임자랑 경쟁하셔야 하는 자리예요.

나는 그 전임자라는 단어가 무슨 의미인지 바로 알아차리지 못했다. 전임자가 있어도 자리가 공석이 되니 채용 공고가 나온 것일 텐데… 그 전임자와 경쟁을 해야 한다니!? 어리둥절한 내 표정에 이해를 더해 주기 위해 그녀가 덧붙였다.

중년 여성 그러니까··· 계약이 만료돼서 새로 채용 공고를 내긴
했지만, 전임자는 계속 일하길 원하고 있다구요.

우리 입장에서도 이미 익숙해진 계약직이 더 편하죠.
저기 앉아 있는 애가 그 일을 2년째 하고 있거든요.

헐···. 그러니까 정리하면, 비정규직 세상인 우리나라에서는 공공기관에서도 이 편법이 그대로 적용 중이었다. 1년 이상 채용하여 정규직화하지 않기 위해 매해 계약을 새로 하는데 그 사실이 (공공기관인 만큼) 불법이 되지 않기 위해서 아무 의미 없는, 즉 아무도 보지 않으면 좋을 공고를 버젓이 게시한다. 의무사항이므로. 지원서를 제출하지 말라는 의미로 소리소문 없이 게시한 공고를 물정 모르는 나는 봐 버렸고, 내 농촌 생활의 시작이 될 수 있을지 모른다는 희망으로 지원서를 들고 2시간 넘게 걸려 찾아온 것이다. 아무도 찾아오지 않을 것이라 믿고 있던 사람들에게!

그제야 담당자 바로 앞자리 청년의 눈빛이 떠올랐다. 2년째 잘 버티고 있는 그 청년에게 나는 그야말로 불청객이었을 것이다. 중년 여성이 물었다.

중년 여성 그래도 지원하실래요?

읽히지 않을 내 지원서가 그 책상에 놓여 있을 게 마음이 아팠던 건지, 아까 그 청년의 눈빛에 미안했던 건지 나는 다시 그 자리로 가서 내 지원서를 집어 들고 나왔다. 교육지원청에서 돌아오는 2시간 동안 나는 복잡해진 마음을 감출 길이 없었다.

며칠 뒤 귀촌 선배에게 이 일을 털어놓았다. 그랬더니 돌아온 답변,

> 넌 아직도 그렇게 누군가에게 고용되고 싶니?
> 해방된 지 얼마나 됐다고?
>
> 귀촌 선배

이 상황은 내가 교육이 끝나고 바로 귀농·귀촌이 하고 싶은 욕망이 너무 컸을 때 생긴 웃지 못할 에피소드다. 나는 내가 바로 농사로 돈벌이를 할 수 없을 것이라는 상황파악을 했던 터라 농촌에 내 적성에 맞는 일자리가 보이면 그 기회를 절대 놓쳐서는 안 된다는 조급함이 있었다. 반농반X하는 방식으로 시골 생활을 해 보겠다는 길은 정했지만, 막상 나의 X를 찾다가 조급해져 실수를 한 것이다. 농촌에서의 삶이란 어쩌면 삶의 패러다임을 전환하는 것인데, 나는 몸만 농촌으로 옮기고 생각은 여전히 도시의 틀에 박힌 방식으로 하고 있었다. 누군가에게 고용되어 월급을 따박따박 받으며 안정적인 수입원을 가지는 방식을 습관처럼 다시 찾고 있었으니…. 고용되는 수동형

방식이 아니라 나 스스로 일자리를 만드는 방식은 왜 생각하지 못했을까?

더군다나 시골에서는 고용이 도시의 방식으로 이뤄지지 않는다. 시골에도 안정적인 일자리들이 있긴 하다. 관공서나 교육기관, 꽤 규모가 큰 영농법인들이 있으니까. 하지만 이 일자리들은 인터넷에 채용 공고가 떴다고 하더라도 이미 구두로, 인맥으로 일할 사람이 대충 결정된 경우가 많다. 물론 도시에서도 이런 경우가 있지만, 시골은 더욱 심하다. 실제로 공고를 내도 그 공고를 보고 지원하는 사람이 적기도 하거니와, 알고 지낸 누군가 중에서 그 일자리에 적합한 사람을 떠올리거나 추천받는 것이 시골에서는 더 자연스럽다.

그러니까 시골에서는 인터넷에 채용 공고가 떴을 때 그 자리가 정말 지원 가능한 자리일 것이라는 생각은 버리는 게 좋을 듯하다. 지원서를 제출하기 전에 확인 전화라도 한 통 해야 나처럼 헛걸음치는 경우가 없으리라. 그리고 인터넷 정보에 의존하기보다는 차라리 교차로 같은 지역 신문을 활용하거나 주변 사람들에게 자신의 스펙(?)을 소문내고 다니는 것이 더 좋다. '난 어떤 능력이 있다' 혹은 '나는 왕년에 이런 이런 일을 하던 사람이다'처럼 내 기술이나 경력을 알리다 보면, 그와 연관된 일자리가 있을 때 전화를 받게 될 가능성이 꽤 있다.

그렇다면 반농반X에서 X는 어떻게 찾을 수 있을까? 선배A의 경우를 보면 조금씩 길이 보인다.

사례 2

현장탐방 교육 중에 만난 M마을 이장님은 자기 마을에 귀촌한 A선배 이야기가 나오자 한마디 하신다.

M 마을
이장님

> 처음에 A가 우리 마을에 들어왔을 때
> 난 저 친구가 어찌 먹고살까 했어.
>
> 거기다가 다른 귀농교육 받은 사람들처럼
> 땅 임대해서 작은 평수 농사도 안 짓는 거야!
> 대체 심심해서 어찌 살라고 저러나 했다니까!
>
> 그런데 요즘은 어째 얼굴 보기도 힘들어.
> 전화하면 맨날 뭐 하느라 바빠서 나랑 술도
> 안 마셔줘.

A선배는 농촌생활학교 교육이 끝나고 바로 순창에 자리를 잡았다고 한다. 서울에서 사무직 생활을 했던 A선배는 처음부터 농사로

먹고살려고 시골살이를 선택한 게 아니었다. 농사에는 큰 흥미가 생기질 않았기에 텃밭마저 그냥 내팽개쳤다. 하지만 시골이 좋았고, 그렇게 놀다 보니 어느새 아는 사람들도 늘고 정보도 늘고 일도 늘었단다. 그가 하는 '일'을 정리해 봤다.

1) 순창군이 운영하는 관광해설사 프로그램이 있는데, 관광해설사 중 영어로 안내가 가능한 사람을 구한다니 지원해 보라는 소식을 접했고, 그렇게 해서 A선배는 관광객들에게 순창군을 소개하는 일을 시작했다. 매일 9시 출근 6시 퇴근할 필요 없이 투어 신청이 있을 때 팀원들과 스케줄을 조정한다.

2) 귀농한 또래들과 우리 콩을 이용한 두부를 만들면 어떨까 하는 의견을 모았고, 협동조합 형태로 두부를 만들어 팔기 시작했다. 일주일에 한두 번 두부를 만들어 순창 사람들에게 판다.

3) 순창 귀농·귀촌자들을 연결해 주는 재미있는 장(場)을 만들었다. '촌빨작렬 시시콜콜 순창골목장'을 줄여 '촌장'이라 부르며, 매달 한 번 연다. 판매자들의 신청을 받고, 일정 공지를 하며 촌장을 좀 더 알리고자 한다.

A선배가 하는 일 중에는 돈벌이가 확실히 되는 것도 있고, 아닌

것도 있다. 1)의 경우는 기존에 있던 일자리로 채용에 응시하여 하게 된 돈벌이다. 하지만 2)와 3)의 경우에는 재미있을 것 같아서 시작한 일들이고, 다른 사람들과 함께하는 일자리다. 무엇보다 A선배는 반 농반X에서의 X가 하나가 아니라 여러 개다. 그렇다. 나도 서울에서 직장생활 할 때는 그 직장생활 외에 다른 일을 할 수가 없었다. 시간을 쥐어짜야 퇴근 후 취미활동을 좀 하거나 주말에 봉사활동을 약간 할 수 있었다. 그렇게 하나의 일에 모든 일상을 지배당하며 살고 싶지 않아서 귀농·귀촌하려는 것 아니었나? A선배를 보니 재미를 느끼고 관심 있는 있을 여러 개 하면서도 돈을 벌 수 있었다! 물론, 큰 돈벌이는 어려울 수 있다. 하지만 어차피 큰돈이 필요한 것이 아니라면 조금씩 내게 수입원이 되는 일을 여러 개 만드는 것도 방법이 될 것이다.

ppp

멍청하게 또 제자리로 돌아가는 실수를 하지 않도록 정신 차리자며 귀농·귀촌 참고서 〈시골 빈집에서 행복을 찾다〉를 찾아 다시 읽어 본다. 나보다 어리지만, 시골 생활 선배인 이케다 하야토 역시 이런 사실들을 이미 강조했었다.

01. 한 가지 일만 해서는 먹고살기 힘들지만, 여러 일을 하겠다는
   의지가 있으면 시골에서도 충분히 먹고살 수 있다.

02. 본래 일이란 스스로 만들어 내는 것임을 깨닫자.

03. 지방은 자본주의의 미개척지다.

그러니까 정리하면 시골에는 정기적이고 정규적인 고용은 없을지 모르지만 만들어 볼 수 있는, 시골이라 아직 개발되지 않은 일자리는 분명히 있다. 고용주에게 월급 받는 기존의 방식에서 탈피해 다양한 수입원을 만드는 멀티플레이어가 되어 보는 건 어떨까? 기술이나 경력도 돈벌이가 되지만, 취미나 관심사도 돈벌이가 될 수 있다. 그리고 그렇게 된다면 삶이 훨씬 더 재미있어질 것이다. 언젠가 기회가 되면, 내가 지금까지 발견한 청년들이 할 수 있는 농촌의 일자리 목록을 공개하고 싶다. 그중에는 도시에는 없는, 아니 지금까지 전혀 존재하지 않았던 일자리도 있다. 고용은 없지만 일자리는 있는 시골. 두렵지만 흥미로운 시골에 가기로 난 결정했다.

쪽빛을 내 옷에 담았어요, 피부가 편히 숨 쉴 거래요

23
일차

오늘은 많은 동기가 기대한 수업을 했어요, 엄마. 천연염색의 기초 이론을 배우고, 쪽빛으로 염색까지 직접 해 보는 수업이 예고되어 있었거든요. 그래서 각자 염색하고픈 옷이나 손수건 같은 걸 준비했어요. 나도 여름 흰옷 중에 쪽빛 염색을 하면 좋을 게 없나 옷장을 뒤져 꽤 좋아했던 옷인데 오래 입다 보니 누렇게 된 블라우스를 챙겨 왔어요. 이렇게 기대 가득한 수업을 진행해 줄 선생님은 천연염색 전문가이자 순창 귀농 선배였어요. 천연염색을 꽤 오랜 시간 배우고 또 실제로 하고 있는 선생님은 남편과 직접 짓고 있는 집에 천연염색 작업장 공간을 따로 만들 만큼 그 매력에 빠져 있대요.

기초 이론 시간에는 우리나라 염색의 역사와 염색의 과정 그리고 대표적인 염료들의 원재료들에 대해 배웠어요. 삼국시대에는 복색으로 관직 등급을 결정했다는 사실과 한반도에 국가가 형성되기 이전에 이미 염색이 일반화되어 있었다는 이야기를 듣고 나니, 여러 가지 색들을 다루고 싶어 하는 것은 어쩌면 형형색색의 자연 속에 살아온 인간의 본능일지 모른다는 생각이 들었어요.

천연염색은 크게 5단계 정도로 구성돼요. 우선 염색할 옷가지 등의 직물을 잘 세탁해서 준비한 뒤, 염료를 이용해 염액을 만들고, 염액에 직물을 담가서 염색하고, (말렸다가 염색하고를 반복하다) 원하는 정도로 염색이 되었을 때 매염[12]처리를 한 뒤, 여러 번 세척해서 최종 건조하는 거예요. 이렇게 한 문장으로 정리했지만 실제로 선생님과 하나하나 해 보니, 꽤 긴 시간과 에너지를 요구하는 작업이었어요.

PPP

---

12 염료로 섬유를 염색할 때 그 염료가 섬유에 잘 물들지 않는 성질일 경우 염료를 섬유에 고착시키기 위해 매개물질의 도움을 받는 작업을 매염이라 한다.

청대가 물에 녹아 녹색이 된 쪽물에 옷감을 적시면 아름다운 푸른빛이 묻어난다.

드디어! 예전부터 말로만 듣던 그 쪽빛을 직접 보게 되었죠. 우리가 일반적으로 쪽이라고 부르는 이 명칭은 조선 시대 이후부터 쓰인 거래요. 쪽은 사실 풀 이름인데 이 풀의 잎을 발효시켜 가루로 낸 것을 염료로 사용한대요. 그래서 이 가루를 청대라고 부르기도 해요. 청대라고 부르는 푸른빛을 만드는 식물들은 쪽 외에도 승람, 마람, 대청 등 많은데 이들이 만드는 색을 쪽빛이라고 총칭했대요. 쪽빛, 영어로는 인디고(Indigo)라고 하는 이 빛깔은 많은 사람으로부터 사랑받은 바로 그 푸른색이에요. 그런데 어찌 된 건지 선생님이 미리 만들어 놓은 염료는 녹색인 거예요! 짙은 풀색!

알고 보니 청대를 물에 잘 녹여서 1시간 정도 두면 그 염액이 녹색이 되는데 그때 염색을 해야 했어요. 그래서 선생님이 이론 수업 전에 미리 염료를 물에 풀어 준비해 두신 거죠. 이리 짙은 녹색의 염액에 염색을 하는데 어떻게 그리 파란색이 섬유에 나타나는지… 선생님은 짙은 녹색의 물에 잘 세탁해 준비해 둔 각자의 옷이나 손수건, 스카프 등을 집어넣어서 5~10분 정도 손으로 조물조물 만져주는 염색 과정을 시작하라고 했어요. 나도 내 흰색 블라우스를 염액 속으로 넣어야 하는데… 흰옷에 저 짙은 녹색이 묻는 게 아닌가 싶어 망설여지더라고요. 그래도 선생님이 보여준 그 쪽빛이 내 옷에 담길 것이라 믿으며, 투척!

PPP

10분이 지나고 적당히 염액을 짠 블라우스를 말렸어요. 처음엔 짙은 녹색물이 묻었던 블라우스가 마르면서 차차 설명하기 어려운 녹색과 남색 사이의 색을 띠었어요. 다른 동기들은 나처럼 얇은 재질이 아닌 면티나 면바지를 염색했기 때문에 색이 또 약간 달랐어요.

"이 색깔이 마음에 들면 색을 고정하는 매염 작업으로 바로 들어

가세요. 그런데 염색을 한 번만 한 거라 햇빛이나 세탁으로 색이 바랠 확률이 높아요. 그러니까 좀 더 짙은 쪽빛을 원하면 다시 염액에 염색하고 말리고를 반복하세요."

선생님의 설명을 들으니 갈팡질팡하게 되더라구요. 지금 이 형언할 수 없는 색깔도 좋은데, 금방 색이 빠져 버리면 안 되니까… 하면서 결국 염액에 담그는 작업을 총 3번 했어요. 그렇게 탄생한 나의 첫, 그러나 오래된, 쪽빛 블라우스입니다. 짜잔~

변색되어 못 입던 흰옷이 쪽빛 염색으로 푸른색 블라우스로 재탄생했디.

아, 선생님은 염액에 섬유들을 넣어 염색에 들어가기 전에 무늬를 만드는 방법도 한 가지 알려주었어요. '홀치기법'이라고 하는 이 작업은 실이나 고무줄로 직물의 일부를 단단하게 묶거나 감아서 염액이 그 부분에는 침투하지 못하도록 해서 염액에 담근 뒤, 묶었던 실이나 고무줄을 풀면 무늬가 나타나게 하는 염색법이었어요. 동기들은 자기만의 스타일로 무늬를 만들고, 각자가 원하는 색과 그 농도가 만들어지도록 염색해서 그야말로 세상에 하나뿐인 옷과 스카프들을 만들었죠. 아무리 똑같은 모양으로 홀치기를 하고 똑같은 횟수로 염색해도, 염액이 침투되는 정도가 조금씩 달라서 무늬 모양은 달라질 수밖에 없어요. 또 그 날의 날씨, 특히 햇볕의 정도에 따라서 색깔역시 달라지기 때문에 절대로 똑같은 결과물을 얻을 수 없는 것이 천연염색의 특징. 그러니 세상에 단 하나뿐인 나의 옷이 되는 거죠.

나도 그랬지만 우리는 모두 각자가 만든 결과물을 가장 마음에 들어 했어요. 하하! 사람은 각자의 취향이 있고, 무엇보다 자기 손으로 한 것에 대한 애착이 크니까요.

2시간이 넘게 걸린 염색 과정이 끝날 무렵 우리가 '이쁘다, 이쁘다!' 감탄을 연발할 때 선생님이 말했어요.

동기들이 다양한 무늬로 물들인 옷들이 그늘에서 마르고 있다.

"이 옷들이 색깔만 예쁜 게 아니구요. 우리 몸에도 얼마나 좋은지 몰라요. 아마 이 쪽빛 셔츠를 입을 땐 땀 냄새 나는 분들도 냄새가 확 줄 걸요? 아토피니 원인을 알 수 없는 각종 피부병에 시달리는 사람들에게 전 무조건 천연염색한 옷을 입어 보라고 권해요. 실제로 저는 피부와 직접 닿는 우리 가족들 속옷은 사자마자 무조건 염색을 다 해 버려요. 요즘 우리가 입는 옷들은 대체로 화학 처리된 것들이잖아요.

그 화학 처리된 옷들이 우리 몸에 끼치는 영향을 절대로 무시하면 안 돼요. 천연염료로 염색을 하면 곰팡이나 세균 같은 몸에 좋지 않은 것들도 잡을 수 있고 실제로 몸의 내부에도 좋은 영향을 준다고 알려져 있어요."

천연염색한 옷을 입으면 내 몸도 그리고 마음도 좀 편해질 거라는 새로운 사실. 나는 얼른 내 새 블라우스가 입어 보고 싶어졌어요.

ppp

엄마, 나는 농촌생활학교 교육을 들으면서 계속 우리의 먹거리 문제에 대해서 고민하거나, 시골살이에 적합한 집에 대해 알아보고, 또 생활을 위한 돈벌이를 궁리하고 있었어요. 그런데 오늘은 처음으로 입는 것에 대해서도 돌아보았어요. 언젠가 내가 엄마에게 말한 적 있는데, 요즘은 패스트패션(Fast Fashion)의 시대라고 하잖아요. '싸니까 유행하는 걸 사서 한 철 입고 버리지 뭐~.'라고 생각하면서 옷을 사는 사람들이 많대요. 그런데 옷들이 그렇게나 빠르게 그리고 싸게 생산되는 건 저임금 노동자들에 의해서 화학 처리해 만들어지기 때문일 거예요. 오늘 배운 천연염색으로 색을 처리하거나, 천연섬유를 이용해서 만든다면 절대로 지금과 같은 물량이나 속도, 가격으로는 생산할 수 없을 테니까요. 우리는 싸고 많은 양의 옷을 입고 살 수 있게 된 대신 화학 처리된 섬유들이 우리 몸에 끼치는 부정적인 영향을 받게 되었어요. 또 생산 과정에서는 저임금 노동자들을 착취하고, 그 폐기물로는 지구를 오염시키는 일에도 일부 동참하고 있죠. 뭐가 옳다 그르다 선을 그을 수는 없겠지만, 우리가 인간 생활의 기본 요소라고 여기는 '의식주' 세 가지 중에서 '의'에 대해서도 한 번쯤 고민해 볼 필요가 있다고 생각해요.

'이 옷은 어떤 과정으로 만들어지는가? 그 과정에서 피해를 보는 사람은 없을까? 그 과정에서 환경이 오염되지는 않을까? 이 옷은 내 몸에 어떤 영향을 줄까? 이 옷은 내게 얼마나 사용가치가 있을까?'

이렇게 많은 고민을 해야 하면 옷 한 벌 사는 네 머리가 아플 것 같아요. 하지만 내 몸에 꽤 오랜 시간 밀착해 있는 것이니 먹는 것만큼이나 잘 살펴봐야죠. 그리고 가장 쉽게, 자주 하는 소비 행위의 하나인 만큼 그 생산 과정에 대해서도 고려해야 하는 게 아닐까요?

PPP

오늘 쪽빛 블라우스로 탄생한 옷은 몇 년 전 인도로 여행 갔을 때 기념으로 샀던 옷이에요. 그런데 흰옷이다 보니 여름이 두 번 지나자 변색되어 옷장에 처박혀 버렸죠. 여행 기념품으로 산 옷이니까 차마 버리지 못하고 옷장에 보관하고 있었지, 그냥 국내 어느 옷 가게에서 샀으면 아마 2년 만에 버려졌을지 몰라요. 그런데 오늘 쪽빛으로 염색되어 다시 내 옷장으로 왔잖아요. 괜히 이 옷이 소중하게, 나와 연결되는 느낌이 들었어요. 그러니까 앞으로 오랫동안 이 옷을 입고 또 쉽게 버리지 못할 것 같아요. 아마 나 말고 다른 동기들도 오늘 각자가 원하는 무늬와 색 농도로 만든 옷이나 스카프를 꽤 오랫동안 좋아하며 입을 듯해요.

셔츠 한 장과 내가 연결되는 경험에서 오는 나만의 것을 소유하는 기분. 이 기분을 느끼고 나니까 법정 스님의 무소유는 아직 내게 너무 힘든 일이지만, 어쩌면 소(少)소유의 삶을 가능하게 하는 방법이 바로 이런 게 아닐까? 하는 생각이 들었어요. 나만의 것, 내게 가장 적합한 최고의 것을 소유한다면, 적게 소유하더라도 충분히 만족할 것 같아요. 소(少)소유하지만 최고를 소유하는 습관! 쉽지 않겠지만 오늘부터 1일 차! 도전해 봅니다.

친구들과 소풍을 다녀왔어요

24
일차

:: 기쁨의 순간은
오롯이, 함께 즐기자

　　엄마, 오늘은 기다리고 기다리던 소풍날이에요. 교육생들이 원하는 대로 하루를 기획해 보라는 취지로 비워진 시간을 우리는 소풍처럼 채워 보기로 했어요. 동기들과 나는 지난주부터 이날을 준비했는데 소풍 장소는 바로 담양이었어요. 담양에서 보낸 오늘 하루는 평화롭고 유쾌했고요.

메타세쿼이아길 함께 걷기

　　소풍날 아침이라 그런지 모두 평소보다 더 일찍 아침을 맞이했어요. 그리고 8시에 담양으로 출발했죠. 담양이 언제부터 이리 메타세쿼이아길로 유명해졌는지 모르겠다며, 메타세쿼이아가 가로수인 국도가 얼마나 많은데 별거 있겠냐며 따라왔던 동기도 가을 아침의 메타세쿼이아길을 우리만 여유롭게 산책하는 게 좋았는지 사진 찍기에 바빴어요. 나도 이곳을 여러 번 왔었지만 이렇게 한갓지게 아침 산책하는 건 처음이라 기분이 상쾌해지더라구요.

메타세쿼이아길을 8명이 함께 걸으면서 지난 6주간을 되돌아보았어요. 인상 깊었던 수업이나 선생님에 관해서도 이야기하고, 각자 품었던 궁금증도 함께 풀고…. 무엇보다 우리 8명의 인연에 대해서 신기해했죠.

이렇게 나이와 배경이 다양한 동기가 생긴 건 처음이에요 엄마. 우리 동기 중엔 내 나이의 딸이 있는 형님도 있고, 우리나라의 자랑이던 큰 배를 만든 형님도 있어요. 딸 같은 동생이 벌써 귀농·귀촌 교육을 기웃거리는 게 걱정이 되는 언니도 있고, 13년간 해외에서 근무하다 온 언니도 있죠(나보다 나이가 많은 동기들을 부르는 호칭이 처음에는 '~선생님'이었는데 남자분들에게는 '~형님'으로, 여자분들에게는 '~언니'로 정리했어요). 하여튼 너무나 다르게 각자의 길을 살아온 8명이 귀농·귀촌을 꿈꾸며 2016년 가을을 함께 보낸 건 아무리 봐도 신기한 인연이에요.

시월 어느 아침, 메타세쿼이아길을 오직 우리 여덟 명이 함께 걷는다.

죽녹원 따로 또 같이 걷기

메타세쿼이아길을 걷고, 모닝커피를 한 잔씩 마신 뒤 우리는 죽녹원으로 갔어요. 죽녹원은 담양군이 성인산 일대에 대나무숲으로 조성한 정원이에요. 2003년에 개원한 뒤 담양 대표 관광지 중에 하나로 떠올랐다고 해서 내심 너무 관광지 느낌만 나고 대숲은 별것 없지 않을까 예상했었어요. 그런데 대숲에 안긴 듯한 기분이 들 만큼 길고 깊게 대나무가 자라고 있어서 메타세쿼이아길 산책과는 또 다른 멋이 있었어요. 쭉 뻗은 길이라기보다는 숲길의 묘미인, 구불구불 여러 샛길이 있고 그 길들이 다시 합쳐지곤 했죠. 자연스레 우리도 둘이서 따로 걷다가 중간에는 다시 만나 3~4명이 같이 걷고, 또 결국엔 다 같이 걷고…. 그래서 동기 한 명 한 명과 깊은 대화를 나눌 수 있었어요.

단둘이 대화를 나누면서 알게 되는 나의 동기, 나의 벗의 다양한 생각들. 그리고 그/그녀가 나에게 보내는 응원의 마음들. '임금님 귀는 당나귀 귀'라고 소리쳤다는 대나무숲에 들어와 있던 탓인지, 괜스레 더 쉽게 마음을 활짝 열고 생각을 나누게 되는 그 순간이 너무 소중했어요.

호기심 천국, 담양 읍내장 구경

점심을 먹고 나서 읍내를 지나다 알게 됐어요. 매 2일, 7일엔 담양 읍내에서 오일장이 열리는데 오늘이 바로 그 장날이란 것을! 시골 사람들에게 장 구경은 절대 그냥 지나쳐선 안 되는 것이죠. 하하. 시골 사람 다 된 우리는 순창장과 담양장이 어찌 다른지 구경하러 갔어요. 담양 읍내장은 영산강 둑길을 따라서 형성되어 있었어요. 장터에는 재미난 구경거리가 꼭 있잖아요. 재미있는 상인들 덕분에 웃고, 점심을 막 먹은 게 믿기지 않을 정도로 주전부리를 사 먹으면서 즐거워했죠.

그러나 어쨌든 우리의 최고 관심 대상은 장터에 나온 농산물들이었어요. 어떤 종류의 농산물이 나왔는지, 가격은 어떻고, 무엇이 인기가 좋은지…. 마치 벌써 농사를 짓고 있는 사람들처럼 우리는 끊임없이 농산물들에 관해 이야기를 나눴어요. 6주간의 교육이 대화 내용까지 변화시킨 거죠. :)

맥가이버 선생님네 방문

우리 소풍의 마지막 방문지는 바로, 우리에게 비닐하우스 짓는 수업을 안내해 준 맥가이버 선생님의 하우스였어요. 소풍을 기획할 때 이제껏 만났던 여러 선생님 중에 농사를 짓는 분을 직접 방문해

시골 읍내장의 정겨운 모습들

그 현장을 보고 싶다는 의견이 제일 많았거든요. 물리적 거리를 고려하고, 일정이 가능한 분을 찾으니 담양에서 토마토 농사를 짓는 맥가이버 선생님으로 당첨!

몇 주 만에 만났는데도 함께 땀 흘린 시간이 가장 길었던 분이라 그런지 어제 만난 것처럼 반가운 맥가이버 선생님. 우리는 선생님께 100% 유기농 토마토를 어떻게 재배하는지, 하우스를 어떻게 관리하는지 자세한 설명을 들었어요. 선생님에게는 여러 가지 실험과 경험을 통해 쌓은 지식이 있었기에 우리가 어떤 질문을 해도 대답을 해주셨죠. 그럼에도 불구하고 선생님은 말했어요.

"이 땅, 이 하우스에서 짓는 토마토 농사만큼은 내가 젤로 잘 아는 사람일 수 있겄제. 하지만 다른 지역서 다른 작물 키우는 사람한테는 내 노하우가 틀릴 수도 있는겨. 농사는 그래서 어려운거제~. 정답이 하나만 있는게 아닝게. 근디 나한테 교육 들었던 사람들은 자꾸 전화를 해서 물어보는거여. 강진서 딸기 농사짓는 놈도 걸핏하믄 전화해서 이것저것 자꾸 물어대~. 내가 땅마다 물마다 다르다고 아무리 말해도 말여. 답답하니께, 답을 듣고 싶다기보담 같이 농사짓는 사람헌테 농사 이야기를 하고 싶어 전화를 해 보는 걸 거여~."

선생님의 말씀은 농사를 짓든, 귀촌해서 시골살이를 하든, 분명히 어렵거나 답답한 순간이 있을 텐데 그럴 때 소통할 수 있는 벗이 있으면 큰 힘이 될 것이란 뜻이었어요. 그리고 어렵고 힘든 순간뿐만 아니라, 기쁘고 좋은 순간도 함께 나눌 벗이 있으면 더 큰 힘이 된다고 했죠.

엄마, 사실 교육 첫날 자기소개 때 우리 기수는 9명으로 시작했어요. 그런데 다음 날 한 명이 교육을 포기하고 서울로 올라가 버렸죠. 남은 8명은 이 농촌생활학교 교육이 자신의 기대와 맞지 않거나 힘들 수 있어서, 또 다른 누군가도 언제든 그만둘 수 있겠다고 생각하게

맥가이버 선생님의 토마토 하우스에서
자라고 있는 아기 토마토

됐어요. 그래서 서로서로 살펴 6주간의 교육을 끝까지 함께 마치자고 말하곤 했는데 정말 8명이 함께 졸업하게 된 거예요. 거기다 처음에는 나이도 배경도 너무 달라서 서로를 이해하기 힘들고 가까워지기 어려울 것 같았는데, 이제는 서로 비슷한 삶의 방식을 꿈꾸는 동기이자 벗이라고 생각해요. 그래서 오늘은 기쁨을 나누는 날이었어요.

혹시 이런 경험은 없는가?

텃밭에서 이슬이 내려앉은 애호박을 보았을 때

친구한테 따서 보내주고 싶은 그런 생각을 한 적이

또는 들길이나 산길을 거닐다가

청초하게 피어 있는 들꽃과 마주쳤을 때

그 아름다움의 설레임을 친구에게 전해 주고 싶었던

그런 경험은 없는가?

이런 마음을 지닌 사람은

멀리 떨어져 있어도 영혼의 그림자처럼

함께 할 수 있어 좋은 친구이다

-법정, '하늘 같은 사람'[27] 중

교육을 함께 받으며 우리는 법정 스님의 표현 같은 벗이 되었어요. 그런 우리에게 기쁨의 순간을 오롯이 함께 즐긴 오늘 소풍은 오랫동안 기억에 남을 것 같아요. 쭉 뻗은 메타세쿼이아길을 8명이 함께 걸었던 것처럼, 미로 같던 죽녹원을 따로 또 같이 거닐었던 것처럼, 다르지만 비슷한 길을 걷기에 우리는 멀리 떨어져 살아도 늘 서로를 든든하게 여길 거예요. 그러다 따뜻한 마음이 고이고 그리움이 가득 넘치려고 할 때 다시 소풍을 떠나겠죠? 그날엔 아마 각자가 키우는 농작물 이야기니, 자기네 동네 이야기를 하느라 밤을 지새울 거 같아요. 그런데 우선 막걸릿잔 기울이는 오늘 밤부터 지새야 할 듯! 엄마 안녕~.

6. 농촌에선 생태적 삶을 살 거란 착각

나는 귀농·귀촌을 하고픈, 아니 편히 말해서 농촌으로 이사하고픈 이유가 몇 가지 있었다. 도시 생활이 주는 환경적인 스트레스(높은 인구밀도, 교통체증, 탁한 공기 등)와 경제적인 어려움(높은 물가, 주거난 등)에서 벗어나고 싶기도 했고, 시골에서 지낼 때마다 내 몸과 마음이 더 편했다는 사실을 근거로 시기를 미루지 말고, 내게 더 맞는 환경에서 살자고 마음을 먹었다. 그리고 또 내겐 생태적 삶에 대해 이상이 좀 있었는데, 그 이상을 실현하기 위해서라면 '농촌에서 살아야 가능하지 않을까?' 하는 생각도 살포시 했었다.

생태적 삶을 꿈꿨다고 해서 내가 뭐 대단한 환경보호론자라도 되느냐 하면 그런 건 결코 아니다. 나는 그야말로 단순하게, 내가 이 세상에 사는 동안 다음에 올 세대를 위해서, 가능한 한 자연에 피해를 덜 끼치고 싶다는 바람이 있었을 뿐이다. 지구에 태어난 인간이기에 끊임없이 자연에 빚을 지고 사는 것은 어쩔 수 없는 사실이지만, 그 빚을 할 수 있는 한 최소화하고 싶었다. 그래서 도시에 있을 땐 늘 생각했다.

'농촌에 살면 이런저런 방식으로 환경을 좀 덜 오염시키고 에너지를 좀 더 아끼고 살 텐데….'라고.

하지만 농촌에서 생태적 삶을 살 수 있을 거라는 내 예상은 착각이었다. 헉! 하며 말문이 막혀 버린 상황들을 마주했기 때문이다.

상황 1

　농촌생활학교 5주 차 교육 때 여러 귀농 선배들의 농가를 방문하는 일정이 있었다. 딸기 농가를 찾아갔던 날인데 그 시기가 딸기 수확을 모두 마치고 다음 농사를 준비하는 때였다. 그래서 우리는 현장 실습으로 남자들은 비닐하우스 재정비를 돕고, 여자들은 딸기 배양토를 준비했다. 배양토 준비가 먼저 끝나 남자들이 하는 일을 구경하러 갔는데 하우스의 비닐을 다시 씌우는 일을 하고 있었다. 여름 폭우와 태풍을 겪으며 비닐에 문제가 생긴 부분이 많기도 하고, 사용한 지 2년이 지나자 흙먼지나 물이끼 같은 것들이 비닐에 껴 햇빛 투과율이 떨어져서 교체해야 한다고 했다. 그 말을 들으니 궁금증이 일었다. 그 넓은 면적을 뒤덮은 비닐을 교체한다고 하면, 기본 3~4동에서 10동까지 하우스 농사를 짓는 농가들에서 나오는 그 어마어마한 양의 폐비닐은 어떻게 처리될까? (평균적으로 하우스 1동은 200평 정도다)

　마을의 공동 수거 장소로 폐비닐 옮기는 작업을 1톤 트럭으로 여러 번 하고서야 작업이 끝났다. 나는 물었다.

　　나　　**폐비닐도 재활용 쓰레기처럼 수거가 잘되나요?**

　농촌 상황을 꽤 잘 아는 편인 동기가 말했다.

아마 마을에 수거 장소가 있긴 할 텐데, 수거 자주
안 될걸요?

동기

더군다나 농사짓기 바쁜 사람들이 폐비닐 나왔다고
꼬박꼬박 거기다 갖다 놓을 리가 있나요~. 그냥
태우거나 밭 옆에 쌓아 두는 게 태반이지….

    뭔가 정확한 사실 확인이 필요했다. 돌아와 각종 뉴스 검색을 해 봤더니 실제로 연간 30만 톤이 넘는 비닐이 농촌에서 사용되지만 (하우스용 비닐뿐만 아니라, 멀칭용 비닐이나 비료 포대 등의 비닐도 있다) 수거율은 58% 정도에 그친다고 하고,[28] 대체로는 그냥 방치하는데 태워 버리는 경우도 많단다. 아무리 넓디넓은 농촌이라지만 쓰레기를, 그것도 비닐을 태운다니!!! 시골 공기도 마음 놓고 마실 수 없는 것이었나?! 무엇보다, 제대로 처리되지 않는 비닐이 이렇게 많이 발생하는 하우스가 농촌을 점령하고 있다는 건, 마치 후처리 경로를 알기 어려운 폐건축물들을 끊임없이 생산하는 아파트와 빌딩에 점령당한 도시와 다를 바가 없어 보였다.

    좀 더 확인해 보니 상황은 이러하다. 농촌 지역에도 기본적인 시스템은 어느 정도 갖춰져 있다. 종량제 쓰레기봉투가 지자체마다 있고, 생활 폐기물과 각종 농사 관련 폐기물을 처리하는 제도적인 방침도 있다. 하지만 수거함과 수집장 설치가 제대로 되어 있지 않은 동네들이 여전히 많다고 한다. 더 큰 어려움은 수거를 위한 시설이 갖춰져 있다 하더라도 농촌 지역은 도시처럼 사람들이 가까이 모여 살지 않으니 발생한 쓰레기를 그 장소까지 버리러 가기 힘든 경우가 많다는 것이다. 더군다나 농촌 지역에 사는 분들은 대체로 노령층이지 않은가? 그러니 쓰레기를 버리러 가기도 멀고 또 자주 수거해 가지도 않아 쌓이기만 하니 주민들이 자기 논밭에서 혹은 집 마당에서 태우거나 묻어 버리는 길을 택할 수밖에….

그래도 다행인 건 이런 문제점들이 점차 개선되고 있다는 사실이다. 많은 농촌 지역 지자체에서 폐비닐 수거율을 높이기 위해 수거보상금 정책과 같은 방안들을 내놓고 있고, 고령화된 농촌 상황에 맞게 순환/위탁 수거 등을 제도적으로 마련하자는 의견도 있다. 이렇듯 물리적인 어려움이나 지자체의 관리 부족에 따른 문제는 조금씩 나은 방향으로 가고 있지만, 쉽게 바뀔 것 같지 않은 부분도 있다.

상황 2

마을 어르신들을 모시고 닭을 몇 마리 잡아서 마을 회관에서 같이 먹은 날이 있었다. 많은 음식을 준비하지 못해서 상에는 백숙, 김치 두 가지 그리고 막걸리뿐이었다. 조촐한 상이었지만, 닭 먹는 날은 곧 잔칫날이라 여기시는 마을 어르신들은 기분이 좋으셨고, 대접하는 우리도 덩달아 기분 좋게 먹었다.

맛있게 식사를 하고, 설거지를 하는 시간. 기분 좋은 식사가 끝나고 설거지를 했다. 닭 뼈와 남은 김치와 밥이 음식물 쓰레기로 나왔다. 나는 식후 커피믹스를 한 잔씩 하고 계신 할머니들께 여쭤봤다.

나

할머니~ 음식물 쓰레기가 좀 나왔는데 이거 어디다 버릴까요? 어디 버리시는 데 있으세요?

그러자 할머니 중 가장 어려 보이는 한 분이 일어서시며,

잉잉~ 고것들 버려야지. 나 따라와~.

할머니

나는 음식물이 담긴 대접 2개를 들고 회관 밖으로 나왔다. 할머니가 회관 근처 밭으로 향하시길래 나는 대체로 음식물을 묻어 퇴비

로 하는 경우가 많으니 아무래도 음식물 쓰레기통에 버리지 않고 땅에 묻으시려나 보다 하고 따라갔다. 밭 머리 옆으로 흐르는 개울가에 이르자 할머니는 내가 들고 있는 대접을 달라고 하셨다.

일은 순식간에 일어났다. 할머니는 대접에 담긴 음식물을 개울에 훅 버리셨다!

나

하⋯ 할머니, 이걸⋯. 두 대접이나 되는 걸⋯.
이렇게 물에 바로 버리시면 어떻게 해요⋯.

그냥, 원래 이래 버리는 거여~
암시랑토 안 혀~

할머니

어르신들의 음식물 처리 방식에 문제를 제기하고자 이 상황을 얘기한 것이 아니다. 자연은, 특히 물은 자정 능력이 있어서 흐르는 개울가에 버려진 음식물은 처리될 것이다. 그리고 농촌에서 나오는 음식물의 양은 소량일 경우가 많고, 할머니들의 살림살이에서 나오는 것들은 흙에서는 잘 썩고 물에서는 잘 정화되는 것들이 많을 것이다. 나는 이 상황을 통해 '원래 이리 한다'는 어르신들의 생각을 바꾸기란 힘들 것 같다는 이야기를 하고 싶었다.

농촌은 인구밀도가 낮고 또 자연의 정화 능력이 충분히 발휘될 수 있다는 점 때문에 환경오염을 막기 위한 노력을 크게 하지 않는 경향이 있다. 그러나 아무리 적은 양이라도 쌓이고 쌓이면 오염이 될 수밖에 없다. 그래서 최근에는 제도적인 관리나 규제보다 농촌 지역 주민들의 인식 개선이나 교육과 홍보가 더 필요하다고 제안하기도 한다. 그런데 한평생 그냥 태우거나 물에 버리거나 땅에 묻는 방법으로 쓰레기를 처리한 어르신들의 생각을 어찌 쉽게 바꿀까?

학교교육을 통한 환경에 대한 인식을 기반으로 재활용을 위한 분리수거를 당연하게 생각하는 사람들이 귀농·귀촌하여 어르신들의 이러한 생활 방식을 마주할 때는 어떻게 해야 할까? 어르신들을 개조하려고 해야 할까, 아니면 시골에 왔으니 그 방법을 따라서 살아야 할까? 실제로 귀촌 후 바로 옆집에서 태우는 쓰레기 냄새와 그을음으로 고생 중인 한 선배가 말했다.

"쓰레기 태우는 냄새를 가까이에서 맡으니 너무 고약하더라. 할머니가 태우는 걸 담 너머로 보는데 비닐이고 캔이고 유리병이고 다 같이 태우시더라고…. 어떻게 해야 하나 고민이야. 쓰레기 태우면 안 된다고 뭐라고 할 수도 없고, 신고를 할 수도 없고…."

농촌에 살면, 자연과 가까이 살면, 생태적인 삶을 살 수 있는 길이 도시보다 더 많긴 하다. 내 텃밭에서 나오는 식재료를 먹으니 마트에서 과대 포장된 것들을 사지 않을 수 있고, 덕분에 포장 쓰레기를 줄일 수 있다. 미생물을 이용해 갖가지 음식물 쓰레기를 퇴비로 만들어 흙과 농작물로 돌아가게 할 수도 있고, 집 안에서 나온 생활 용수를 모아서 텃밭에 이용할 수도 있다. 태양열 집열판을 집에 설치해 필요한 에너지를 충당할 수도 있고 심지어 에너지를 한전에 파는 생산자가 될 수도 있다. 그렇지만 모두가 그렇게 사는 것은 아니다.

> "물도 좋고, 공기도 좋고, 산도 좋은 강원도 화천 유촌리에서 유기농 농사를 지으면서 유기농 인증요건은 충실히 지키지만, 아침마다 폐비닐, 페트병 등 쓰레기를 태워 없애고, 샴푸, 세제 펑펑 쓰면서 더 많은 매출을 올리려고 애를 쓰는 농사꾼과 물도 공기도 산도 별 볼 일 없는 경기도 일산의 아파트에 살면서 화장실에 생태뒷간을 만들어 똥, 오줌을 모아 텃밭으로 가져가고 음식물 찌꺼기를 최소화하는 삶을 살아가는 도시민 중에 누가 과연 생태적인 삶에 충실하고 귀농 원칙에 가까운 삶을 살고 있을까?"[29]

'한국농어민신문'에 실린 박기윤 선생님의 말씀처럼 어디에 사느냐보다 어떤 생각을 하며 사느냐가 관건인 것이다. 생태적인 삶이란, 내 일상의 순간순간 어떻게 하고 사느냐를 통해서 실현되는 것이지

공간의 차이로 실현되는 것은 아니니 내 착각과 기대는 이미 깨졌다. 그럼에도 불구하고 나는 농촌에서 살고 싶으니 내 고민은 좀 더 깊어 진다. 내가 알고 있는 것이 맞다고, 그러니 바꾸라고 강요할 수는 없 지만 그렇다고 그냥 모른 척할 수도 없는 이웃들과 이 생태적인 문제 에 대해서 어떻게 해야 할까? 산 넘어 산이다.

엄마,
나 농부로 살래요

꿈꾸는 삶

·· 부끄럽지 않은 밥상을

엄마, 마침내 농촌생활학교 교육의 마지막 날이에요. 오전에는 지난 교육을 총정리하는 강의를 듣고, 오후에는 앞으로 5년 후를 상상하며 교육생들 각자의 계획을 공유하는 시간이 있었어요. 오전의 총정리 강의는 센터 강의실을 벗어나 읍내의 식당이자 카페인 '농부의 부엌'에서 진행됐어요. 합천 황매산에서 농사도 짓고 시도 짓는 서정홍 선생님이 우리를 찾아오셨죠. 서정홍 선생님은 2005년 합천으로의 귀농 전에는 시를 쓰는 노동자로 살다가, 이젠 시를 쓰는 농부로 사는 분이세요. 음···. 엄마는 싫어할 것 같은데, 오늘 난 서정홍 선생님의 시와 이야기를 듣다가 펑펑 울고 말았어요.

'농부의 부엌' 2층 다락에 우리가 모두 둘러앉고 수업이 시작되자 선생님은 맨 앞에 앉은 동기에게 종이 한 장을 건네고서 낭송을 부탁했어요. 그렇게 낭송된 시가 바로 천상병 시인의 '귀천'이에요. 낭송되는 시 한 편 듣고, 선생님의 이야기 듣고…. 그게 선생님의 강의 방식이래요. '귀천'으로 시작된 강의는 농부가 되는 것이 선생님에게 어떤 의미였는지에 대한 이야기로 이어졌어요.

농부, 가난하게 사는 삶을 선택하는 사람

"여러분은 귀농·귀촌하겠다는 용기를 낸 분들이라면서요? 대단하시네요. 농부의 삶을 선택한다는 건 스스로 가난한 삶을 선택한다는 뜻인데…. 가난하게 살 수 있으시겠어요? 하하. 그런데 스스로 가난하게 산다는 건 행복한 선택이라고 생각해요. 돈이 많다고 무조건 행복한 건 아니란 거 다들 잘 아시죠? 돈이 많은 사람일수록 갖는 것이 많고 그러면 신경 쓰고 관리해야 할 것도 많아지죠. 또 돈이 많다 보면 좋은 곳에 쓸 수도 있지만, 자기도 모르게 나쁘게 쓰는 경우도 많아져요. 거기다 환경오염도 더 하게 되죠."

내가 '가난한 삶을 산다'고 말하면 엄마가 싫어할 거란 거 잘 알아요. 사실 나도 가난하게 살게 된다는 말에는 겁이 났어요. 되도록 부자로 살고 싶지, 가난한 게 뭐가 좋겠어요. 그런데 엄마, '가난한 삶'이라는 말에는 여러 의미가 있는 것 같아요. 단지 돈의 많고 적음이 아니라 살면서 가지는 물건, 지위, 명예, 관계, 욕망 등과 모두 연결되죠. 그리고 선생님이 말하는 '가난한 삶을 선택한다'는 건 부족함에 허덕이며 존엄성을 지키지 못하는 삶이 아니라 물건, 지위, 명예, 관계, 욕망 등등이 자신이 정한 수준을 넘지 않도록 노력하는 삶을 뜻하는 것 같아요. 내가 얼마만큼의 돈이 필요한지를 알고 그만큼만 벌어 쓰면서 사는 방식이라면 불행해지지 않는다는 거죠.

"내 욕심을 좀 버리고 스스로 가난하게 사는 사람들은 다른 사람들에게 도움이 되는 삶을 살고 싶은 사람들이라고 생각해요."

솔직히 난 아직 잘 모르겠어요 엄마. 내가 나만을 위해서가 아니라 다른 사람들과 함께 잘 사는 가난한 삶을 살고 싶은 건지, 가난하게 사는 걸 정말 할 수 있을지, 농부들이 정말 가난한 삶을 살고 있는지…. 좀 더 생각해 봐야겠지만, 한 가지 알 수 있는 건 '스스로 선택한 가난한 삶'이란 그런 처지나 상태를 말하는 것이 아니라 가난하게, 다른 말로는 소박하게 살아가는 삶의 방식을 의미하는 것이니 어쩌면 내가 원하는 삶의 방식일지도 모르겠어요. (요즘 유행하는 미니멀 라이프도 이와 비슷하지 않을까요?)

그러나 부끄럽지 않은 삶

선생님은 2005년 합천으로 귀농하기 전까지 도시의 노동자로 살았대요. 선생님의 대표 시집 제목이기도 한 58년 개띠, 베이비붐 세대로 태어나 도시 생활을 하다가 자연을 따라 자연의 한 부분으로 사는 것이 가장 좋은 삶이라는 생각이 들어 황매산으로 들어간 거래요. 그렇게 생각한 이유는 바로 어른으로서 아이들에게 부끄러운 삶, 양심에 부끄러운 삶을 살고 있다는 생각이 들었기 때문이었어요.

"지구온난화나 이상기후가 일어나고 있다는 것을 알고 있잖아요. 아이들에게 건강하고 좋은 세상을 물려주고 죽어야 한다고 생각하면서도, 저는 아무것도 하지 않고 있었어요. 기후변화와 함께 홍수나 가뭄이 계속 일어나서 식량문제가 생길 것으로 예측하고 심지어 식량 전쟁도 운운하지만, 저 역시 농사짓는 건 내 일이 아니라고 외면하며 도시에서 쓰레기를 만들고, 지구를 병들게 하는 일에만 동참했던 거죠. 양심이 부끄러웠어요."

선생님의 자기 고백에 난 결국 눈물을 쏟고 말았어요, 엄마. 마치 내 마음을 설명하는 것 같았거든요. 내 맘을 계속해서 괴롭히지만, 무엇이라고 정확히 말하지 못했던 그것이 바로 '양심의 부끄러움'에서 오는 갈등이었단 것을 알게 된 거죠. 선생님은 덧붙여 이런 이야기도 했어요. 사람은 가난하거나 힘든 사람을 보면 도와주고 싶고,

누군가를 아프게 하면 미안한 마음이 들게 만드는 '양심'을 가지고 있는데, 그 좋은 마음이 도시에 살면서 자꾸 사라지게 되더라는 거예요. 모든 것이 바쁘게 돌아가고 개인적인 환경으로 구성된 도시에서 살다 보면, 나도 모르게 주변을 돌아볼 마음의 여유가 없어지고, 자신이 먹고사는 일에만 집중하게 되니까요. 그래서 자연환경뿐만 아니라 이웃에 대한 양심도 부끄러워졌대요.

선생님의 이야기는 부끄럽지 않은 삶을 살려면 도시를 떠나 농촌에서 농부로 살아야 한다는 의미가 아니에요. 어떤 환경에서든 마음을 잘 조절할 수 있는 사람이라면 어디에 살든 상관없겠죠. 하지만 환경의 영향을 받는 사람이라면, 양심에 부끄럽지 않은 삶을 살기에 도시보다는 농촌이 더 수월하다는 의미일 거예요. 돈으로 해결하는 생활에 익숙한 도시에서는 오로지 돈을 목표로 하게 되기 쉽고, 자연에서 떨어져 지내니 내 소비생활이 자연과 어떻게 연결되어 있는지를 생각해 볼 기회가 적다는 것은 사실이니까요.

내 마음을 괴롭혀 왔던 것이 선생님의 표현처럼 '양심에 부끄러운 삶'을 살고 있다는 자각으로부터 왔다는 것을 깨달았어요. 내가 왜 도시에서의 삶에 불편함을 느꼈는지, 나도 내 마음을 제대로 볼 수가 없어서 늘 엄마에게 명확하게 설명할 수 없었는데, 이젠 말할 수 있어요. (이렇게 설명한다면 엄마가 이젠 좀 이해하기 쉬울까요?)

노동자의 삶, 농부의 삶이 존중받는 세상

선생님이 사는 마을에는 학교가 몇 개 있대요. 매월 둘째 주 토요일 산골마을 6세부터 10세까지 아이들이 모여서 온종일 놀고 밥 먹고 공부하는 '강아지똥 학교'는 2008년에 시작했어요. 몇 년 후 그 아이들이 자라 청소년이 되자, 그들이 모일 수 있는 학교가 필요해져서 '담쟁이 인문학교'를 2014년부터 열었구요. 이 학교에는 마을의 어른들이 선생님 역할을 하는데 단순히 지식을 가르치기보다 아이들 스스로 생각하는 연습을 하고 자신만의 삶을 찾아가도록 돕고 있다고 해요. 이렇게 아이들과 함께 시를 읽고, 쓰기도 하는 선생님은 그 시들을 엮어 〈시의 숲에서 길을 찾다〉라는 시집도 내셨어요. 아이들과 보내는 시간에 애정이 많은 선생님은 아이들이 교과서나 텔레비전에 나오는 유명한 사람이 되는 것만을 성공한 삶이라고 여기며 자라지 않길 바라셨어요.

"아이들이 다니는 학교에서 의사 천 명이 나오는 게 좋습니까? 농약 안 치고 농사짓는 농부 한 명이 나오는 것이 좋습니까? 판검사 천 명이 나오는 것이 좋습니까? 죄 안 짓고 사는 착한 사람 한 명이 나오는 것이 좋습니까?"[30]

라고 〈부끄럽지 않은 밥상〉에도 쓰셨듯이, 선생님은 평범하고 착한 노동자나 농부들이 많아지는 세상이 정말 우리가 말하는 좋은 세상이지 않겠냐고 하셨어요. 아픈 사람을 고치는 사람만큼이나 사람들이 병들지 않게 건강한 먹거리를 생산하는 사람도 중요하고, 나쁜 사람에게 벌을 주는 사람이 많아지는 세상보다는 선한 사람이 많은 세상이 더 좋은 것이 정말 맞는데…. 왜 우리는 아이들에게 그런 가치를 가르치는 일에 소홀한 것일까요? 노동자와 농부의 삶이 의사나 판검사의 삶과 동등하게 가치 있다는 인식이 당연한 사회가 될 때 우리 아이들도 자연스럽고 당당하게 이 길을 선택할 수 있을 텐데 말이죠.

예비 농부들의 꿈

서정홍 선생님과의 차와 시 그리고 이야기 나눔으로 채워진 오전 시간이 지나고, 오후에는 8명의 교육생과 교육팀장이 모였어요. 오후 시간에는 우리 9명이 꿈꾸고 계획하는 5년 후의 내 모습을 정리해서 공유하기로 했거든요. 5년 후 내 모습이라…. 내일의 나도 잘 모르겠는데 5년 후라니! 좀 당황스러웠지만, 교육이 끝나가는 시점에 필요한 작업 같긴 했어요.

선배 농가에 들어가 1년 정도 일을 배운 뒤 자신의 농사를 시작하겠다는 형님. 부모님 농사를 함께하면서 읍내에 건강원을 열어 가

한 계절에도 텃밭에서는 다양한 농작물들이 자란다. 어느 것이 더 귀하다고 할 수 없다. 사람들도 그렇게 다양한
모습으로 각자의 삶을 살면 참 좋겠다.

공물을 생산하는 일을 해 보고 싶다는 형님. 농촌에도 사회복지사는 필요하니까, 자신의 경력을 이어 일할 자리를 찾고 점차 농사를 늘려 가겠다는 언니. 먼저 시골살이에 적응하며 친구들을 많이 사귀고, 내 먹을거리를 책임질 텃밭 농사를 하며 반농반X하겠다는 언니 등등 각자의 계획을 말했어요. 하나둘 계획을 발표할 때마다 우린 뜨겁게 박수를 쳤죠. 그 꿈이 꼭 이뤄지길 바라는 마음을 담아서….

나도 발표했냐고요? 나도… 끊임없이 망설이고 갈팡질팡했던 지난 6주를 돌아보며 발표를 했어요.

"6주간 새로운 것을 참 많이도 배웠어요. 단순히 서울을 떠나서 시골에서 살고 싶어져 이 교육을 신청했던 건데 '앞으로 어떻게 살아갈 것인가?'를 고민하게 되는 교육이었어요. 그런데 아직은 잘 모르겠어요. 당장 농촌으로 이사를 할 용기가 충분한 건지도 의문스럽구요. 모아둔 돈이 없어서 집이나 밭은 어떻게 구할지 막막해요. 그런데 5년 후를 상상해 보라고 한 거니까…. 5년 후에는 그래도 시 단위가 아니라 군 단위의 농촌 마을에서 작은 집과 밭을 빌려서 살고 있으면 좋겠어요. 농사를 업으로 삼는 농부로 살진 못하겠지만, 나와 가까운 사람들의 먹거리 정도는 스스로 책임지는 농부로는 살고 싶어요. 이런 건 다 제 꿈들이라 정말 이뤄질진 모르겠어요. 그래도 제 의지로 할 수 있는 일은 꼭 할게요. 전공을 살려서 농촌 사회에 대한 인류학적인 기록을 남기는 일은 최대한 빨리 시작할 거예요. 5년 후에 모두 농부로 만났으면 좋겠어요."

ppp

이랑을 만들고

흙을 만지며

씨를 뿌릴 때

나는 저절로 착해진다.

-서정홍, '내가 가장 착해질 때' [31]

서정홍 선생님은 농사를 짓기 시작하고 쓴 시들을 엮은 첫 시집의 제목을 〈내가 가장 착해질 때〉라고 지었어요. 그리고 이 시가 바로 그 제목의 시예요. 지난 6주간 대단한 농사일을 배운 것은 아니지만 매일 새벽, 텃밭 실습을 하곤 했어요. 처음엔 아침 일찍 일어나는 게 힘들어서 텃밭 일이 싫었지만, 언제부턴가 텃밭 일이든 선배 농가 실습이든 흙을 밟고 서서 흙을 만지는 게 좋았어요. 서정홍 선생님은 그 순간을 '착해지는 순간'이라고 표현했는데, 난 마음이 '평화로워지는 순간'이라고 말하고 싶어요.

흙을 만지는 그 평화의 순간들을 내 삶에서 계속해서 누리면서 살고 싶어요, 엄마. 소박하지만 부끄럽지 않은 밥상을 매일 마주할 수 있는 농부로 살고 싶어요.

엄마가 생각하듯 세상에서 가장 힘들고 실패할 가능성이 높은 농사를 업으로 하면서 살겠다는 건 아니에요. 농촌 시골마을로 이사해서 내 먹거리는 직접 키우고, 꼭 필요한 만큼의 돈은 다양한 일을 통해 벌면서 살겠다는 거예요. 이런 새롭고 무모한 삶의 방식에 도전하면서 사는 딸도 괜찮지 않나요? 엄마의 응원을 기다릴게요. 안녕~.

시골 생활, 결코 아름답지만은 않다

#시골살이를 어렵게 하는 여러 요소

7. 또 다른 장벽들, 농촌 사회의 특수성

시골살이가 녹록하지 않다는 것을 느낀 순간마다 나는 메모를 했다. 예상 가능했던 상황들도 있었지만 그렇지 않았던 경우가 많았기에 혹시라도 나와 비슷하게 귀농·귀촌을 고민하는 친구들에게 이런 상황들을 공유하면 좋을 것 같았기 때문이다. 나만 경험한 상황일 수도 있고, 또 누군가에겐 전혀 문제가 되지 않는 상황일 수도 있지만 내가 귀띔이라도 해 주면 비슷한 상황에서 덜 당황스러울 수 있으니까…. 내가 수첩에 메모한 시골살이를 어렵게 하는 나머지 장벽들을 정리해 본다.

시간 없고 돈 없어 못하는 문화생활, 시골에선 차 없으면 못한다

내가 도시를 떠나겠다고 말하면 친구들은 '대체 어떻게/왜 그런 결정을 하느냐'라고 의아해하며 묻곤 했다. 처음에는 구구절절 이유를 설명했는데 언제부턴가 내가 반대로 물어본다. 농촌, 어촌, 지역, 시골로 표현되는 곳, 즉 '도시가 아닌 곳에서 사는 것에 대해 부정적으로 생각하는 이유가 뭐냐?'고(내가 자기방어 기질이 강하단 것 인정한다).

그 이유로 자주 언급되는 것이 '도시 밖 지역에서는 문화·교육 생활을 하기 힘들다'는 것이다. 주로 젊은 친구들일수록 이것을 결정적인 이유로 꼽는다. 나도 농촌 지역을 지금보다 더 모를 때는 그럴 거라고 생각했다. 그리고 문화나 교육 생활이 삶의 질과 관련될 수 있기 때문에 그들의 이유가 타당하다고 생각한다. 나의 경우에는 이젠 문화·교육 생활 좀 줄이고 살아도, 나 혼자서도 재미난 일을 꽁냥꽁냥 하며 살 수 있다고 자신했기 때문에 그 부분이 큰 장벽이 아니었던 것뿐이다.

그런데 좀 더 들여다보니, 농촌에서 할 수 있는 문화생활이나 받을 수 있는 교육이 예상보다 훨씬 많았다. 각 지자체의 시·군청에서, 여성문화회관이나 사회복지회관에서, 농업기술센터 등에서 진행하는 흥미로운 교육이 꽤 많았다. 그리고 시/군민의 문화생활의 질을 높이기 위한 지자체의 노력으로 도서관, 영화관이 잘 갖춰진 지역도 있고, 특강이나 공연도 자주 열린다. 그것도 저렴하거나 공짜인 경우가 허다하다. 귀농·귀촌한 사람들끼리 만들어 가는 소모임이나 동아리도 다양하다. 인문학 모임부터 다도, 침, 전통주, 바느질 등과 같은 생활 밀착형 동아리까지 거주지를 정하고 그 동네를 알아가면 보이는 모임들이 즐비하다.

그러나 한 가지 간과해서는 안 되는 것이 있으니, 이런 문화생활을 하기 위해서는 반드시 이동 수단이 있어야 한다는 것이다. 이른 저녁이면 끊기는 버스. 그런데 지자체가 진행하는 문화교육 프로그램들은 주로 읍내에서 저녁 시간에 열린다. 집이 읍내가 아니면 프로그램에 참여하고 나서 귀가할 길이 막막하다. 거기에 귀농·귀촌자들의 모임은 주로 그들의 집에서 돌아가면서 여는데, 버스가 연결되지 않은 곳인 경우가 많다. 그러니까, 차가 없으면 참여를 못한다는 뜻이다. 자기 차가 없으면 부탁할 때마다 차로 이동시켜줄 천사 같은 이웃이라도 있어야 한다. 도시에서는 참여하고픈 문화·교육 활동이 있어도 바빠서, 혹은 참여비가 너무 비싸서 못 갔다. 그런데 시골에서는 시간도 많고, 참여비도 저렴하지만 차가 없으면 안 된다는 사실. 이 웃픈 현실에 나는 집이고 밭이고 간에 우선 중고차부터 구해야겠다는 생각뿐이다.

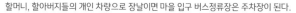

할머니, 할아버지들의 개인 차량으로 장날이면 마을 입구 버스정류장은 주차장이 된다.

요상한 주인 의식

농촌생활학교 교육을 받던 시기는 가을걷이가 한창일 때였다. 농가에서는 수확한 농작물을 팔기도 하지만 남은 농작물들을 저장하기 위한 2차 활동에 돌입한다. 데쳐서 냉동하는 나물류도 있고, 서늘한 그늘에 햇빛이 들지 않게 보관하는 뿌리작물들도 있다. 그런데 대체로는 가을볕에 말리는 작업을 거친다. 그래서 이 시기, 볕이 좋은 날 농가 바닥은 온통 농작물로 발 디딜 틈이 없다. 고추나 콩 같은 것들은 어찌어찌 집 앞마당이나 옥상에서 말릴 수 있지만, 나락(벼)처럼 양이 어마어마할 때는 마당만으로는 부족한가 보다. 그래서 추수철에는 나락을 말리는 긴 멍석이 인도건 차도건, 도로를 점령하는 풍경을 쉽게 볼 수 있다.

건조기를 쓰지 않고 전통적인 방식으로 가을 햇볕에 나락을 말리기 위해 도로를 점령하는 것이 불법인지 아닌지는 모르겠지만, 농작물이 우선되는 농촌 지역의 특징에 맞게 통행량이 많지 않은 도로를 사용하는 것이 잘못됐다고까지는 생각하지 않았다. 그런데 어느 날 교육센터 앞에서 벌어진 상황은 좀 당황스러웠다.

상황 1

교육센터 앞에는 왕복 2차선 도로가 있다. 그리고 그 도로변에는 센터 마당 수도에서 물을 쓰면 그 물이 처리되는 하수구가 있다. 센터 청소가 있던 아침, 대걸레를 빨고 쓰레기통을 씻느라 마당 수도를 쓰고 난 후였다. 할아버지 한 분이 센터로 들어오셔서 화를 내며 소리를 지르셨다.

할아버지

**대체 어떤 놈이 도로에다 물을 부은 거야!
내가 나락 말리고 있는 거 몰러?!**

상황 파악이 안 된 우리는 당황스러웠지만 화난 어르신을 진정시키며 무슨 일인지 알아보러 나갔다. 상황인즉, 할아버지가 나락을 말리는 멍석을 우리 센터 앞 차도에 펼쳐 놓으셨는데 어젯밤에는 걷질 않고 아침까지 그냥 두셨다. 우리는 아침 청소를 하면서 수돗가에서 물을 한꺼번에 버렸고, 물양이 많을 때면 늘 넘치던 하수구가 역시나 넘쳐서 할아버지의 나락까지 닿았다. 결국, 할아버지의 나락이 일부 젖은 것이다. 상황을 파악한 동기가 말했다.

**아이고 어르신~, 여기 하수구 물이 잘 넘치는데 오늘도 좀
넘쳤나 보네요. 나락을 이리 차도에 그냥 두시면 어째요
여기는 차도 들락거리는 길목인데···.**

동기

교육센터 앞 왕복 2차선 차도의 1/4을 점령한 벼. 주인의 집은 200m 떨어져 있다.

그러자 할아버지는 더 화가 나셔서 소리치셨다.

할아버지

여기 이 땅에 내가 매년 나락을 갖다 말렸는데 무슨 소리여!
여기는 내 나락 말리는 땅이여!

공공 공간이든, 남의 땅이든, 내가 예전부터 해 오던 일을 하는 곳이면 내 땅인 듯 생각하는 어른들의 사고방식을 확인한 상황이었다. 관습법이라는 게 있다. 제정법(制定法)에 의해서 그 역할이 줄었지만, 여전히 효력을 발휘하는 경우가 있다. 하지만 난 이런 주인의

식이 좀 희한하고 어렵다. 공공의 것도 내 것으로 생각하는 분들과는 잘잘못을 따지기도 어렵기 때문이다. 이런 경우도 있었다.

상황 2

어느 날 점심시간, 심심해진 나는 동기 한 명과 동네 면사무소(주민센터) 구경을 갔다. 면사무소에는 체력단련실이 있고, 대강당에서는 면민들을 위한 교육 활동도 있다고 들었던 터라, 한번 돌아보면 좋을 것 같았다. 서울에 있을 때 나는 서류 업무가 필요할 때만 주민센터에 갔었다. 하지만 요가나 댄스 같은 스포츠 프로그램이나 어학이나 컴퓨터 교육도 운영하고, 무더위 쉼터처럼 휴게실도 잘 갖춰져 있어서 서류 업무 외에도 주민센터를 잘 활용하는 사람들이 많단 걸 알고 있었다.

면사무소 1층에는 공무원들의 사무공간이 있고 2층에 대강당이 있다고 표시되어 있어서 나와 동기는 중앙 계단을 따라 올라갔다. 그런데 대강당 문을 채 열기도 전에 아래층에서 누군가가 소리쳤다.

50대
남성

거기 누구요!
누구 마음대로 올라가는 거요!

나와 동기는 갑작스러운 고함에 놀라서 아래층을 내려다보면서
말했다.

**아, 저희 이 앞 귀농귀촌교육센터에서
고육받는 고육생들이에요**　　　나와 동기

그러자 면사무소 공무원 같아 보이는 이 50대 남성분이 소리쳤다.

50대
남성　　**아 어쨌든 내 허락도 없이 올라간 거 아니에요!
얼른 내려와요!**

결국, 우리는 그렇게 쫓겨났다. 공공시설인 주민센터에서…. 뭘
훔치러 들어간 것도 아니고, 물 한 잔도 안 마셨는데!

PPP

나는 이 상황을 꽤 오래 생각해 봤다. 분명히 면사무소는 공공시
설이고, 도시에서라면 주민이 이 공간에서 횡포를 부리거나 공공 물
건을 절도하거나, 사무공간을 침입하지 않는 한에서는 공간을 둘러
보든, 휴식을 취하든, 책이나 체육기구를 사용하든 전혀 문제가 되지

314

않는다. 그런데 왜! 나는 이 면사무소에서 쫓겨난 걸까? 나는 이 부분 역시 요상한 주인의식에서 기인했다고 본다. 이 공무원 아저씨에게는 면사무소 공간은 내 것, 혹은 그 권한을 인정받은 소수의 것이라는 생각이 있었기 때문에 이런 상황이 생긴 것이다.

물론 모든 면사무소에서 이런 일을 겪지는 않을 것이다. 그리고 모든 농촌 지역 공무원들이 이런 사고방식을 가지고 있는 것도 아닐 것이다. 하지만 농촌 지역에 있는 관(官)이 주민들에게 미치는 권한이 크고, 이를 힘으로 여기는 공무원들이 많은 것은 사실이다. 농가들에 주어지는 국가의 지원이나 특혜에 대한 결정권이 공무원들에게 있는 현실에서 공무원들은 자신들의 권한을 '직책에 주어진 것'이 아니라 '개인의 것'이라고 생각하는 것 같다. 그래서 공공 공간이라고 하는 주민센터에 들어갈 때도 허락을 받아야 하는 상황까지 만든다.

주인의식을 갖는 것 자체에 문제가 있다는 말이 아니다. 그저 농촌 지역에 이런 요상한 주인의식들이 있다면, 좀 다른 방향으로 쓰이면 좋겠단 거다. 예를 들면, 마을 도로가 내 앞마당 같아서 늘 쓰레기를 줍는다든가, 마을 면사무소가 정말 우리 가족들의 공간처럼 주민들에게 편한 공간으로 다가갈 수 있게 노력한다든가 하는 방식으로 말이다. 그렇지 않고서야, 그야말로 이방인들인 귀농·귀촌자들은 이런 주인의식 때문에 떠나고 싶어지기 십상일 것 같다.

남성중심문화가 남아 있는 농촌,
가장 살기 어려운 건 싱글여성(?)

농촌 사회는 여전히 남성중심문화, 가부장제가 강하다는 주제에 대해선 정말이지 할 얘기가 너무 많다. 내가 보고 겪은 일도 많고, 내 주변 사람들이 (남자도 포함해서) 흥분하며 고발하는 이야기도 많이 들었기 때문이다. 농촌 사회가 여전히 남성중심이라는 것은 이미 많은 사람이 예상하기에 '그러려니~' 하고 넘길 수도 있다. 하지만 직접 마주한 농촌에서는 상상 이상의 상황이 더 많았다.

여전히 남자 일과 여자 일이 철저하게 구분되어 있고, 여자는 남자보다 아래에 있다고 생각하는 분들이 많은 노령층이 지배하는 공간에서 평등하지 않은 처우를 받는 경우나 (남자든 여자든) 성희롱에 가까운 대화에 끼게 되는 경우도 비일비재하다.[13]

내 주변에서 시골살이를 상상하는 이들이 내게 시골살이에 관해

---

13 이런 이야기를 잘 모아둔 연재물이 있어서 내 이야기를 하기보다는 이 연재물을 소개하고자 한다. 미디어 '일다'에서 2015년 비혼(非婚) 여성들의 귀농·귀촌 이야기를 연재한 〈이 언니의 귀촌〉과 2016년 농촌 페미니즘 캠페인을 진행하며 기획한 〈농촌 성문화 다시 보기〉가 있다. 이 연재물 중 '싱글맘의 선택, 시골집을 구하다'나 '농촌에 온 여성들의 반란, 그 XX' 같은 글들을 참고하면 좋다.

서 물어볼 때마다 나는 용기만 낸다면 가능하다고 답한다. 하지만 미혼 여성이 시골살이를 희망할 때는 자신이 없어진다. 돈이 없든 기술이 없든 성격이 소극적이든 남자 사람, 혹은 가족이 있는 사람에게는 용기를 내 보라고 하면서 여자 미혼 사람에게는,

"솔직히… 힘들긴 해."

라고 답하게 된다. 아직도 농촌을 제대로 알고 이해하려면 더 많은 시간이 필요하지만, 지금까지 내가 내린 결론은 '미혼 여성이 귀농·귀촌하기는 정말 어렵다'이다. 요즘 대다수 농촌 지역에서는 '체험둥지'니 '귀농인의 집'이니, 시골 빈집을 수리해서 귀농·귀촌을 희망하는 사람들에게 6개월에서 1년 정도 살아볼 수 있게 하는 서비스를 제공한다. 하지만 이 집은 가족으로 구성되어 이주 가능한 사람의 숫자가 많은 경우를 1순위로 친다. 신고되는 인구수를 늘리고자 하는 지자체의 입장은 이해한다. 하지만 관에서 제공하는 빈집뿐만 아니라 지역 주민들이 빈집을 임대하는 경우에도 집을 구할 수 있는 확률은 1인 남성이 1인 여성보다 훨씬 높다. 왜인지 이유를 정확히 알 수는 없지만, 농촌 사회에서는 남자 혼자 사는 건 이해해도, 여자 혼자 사는 건 이상하게 생각한다는 것이 나의 결론이다.

집 문제뿐만 아니라 농사를 지을 때도 마찬가지다. 여자 혼자서 밭일을 하고 있으면 간섭이 끊이질 않는다.

"아니 농사를 우째 여자 혼자 지어. 어디 가서 머슴으로 쓸 아무 남자라도 델꼬 와서 살아!"

그럼 혼자서 농사짓는 그 많은 할머니의 존재는 어찌 설명할 수 있단 말인가! 왜 결혼 안 한 여자의 능력이나 노동력은 농촌에서 무시당하기 일쑤일까?

더 곤란한 점은… 짝짓기(?)시키려는 분들이 많다는 것이다. 실제로 농촌 시골에는 미혼 여성보다 미혼 남성의 숫자가 더 많다. 뭐, 시골에서 외롭게 혼자 있기보단 마음 맞는 사람을 만나 결혼하고자 했던 여성이라면 미혼 남성을 연결해 주려는 시도가 수용 가능할 테다. 하지만 결혼에 대한 생각이 없거나 억지로 짝을 지어 주려는 분위기가 싫은 사람이라면 한동안 고생할 확률이 높다.

PPP

내 경험의 폭이 얕고 좁기 때문에 이렇게 농촌 사회를 고발하는 듯한 글을 쓰는 것이 우려되는 게 사실이다. 그래서 몇 번을 말해도 부족할 "모든 농촌이, 모든 농촌 사람이 그렇다는 것이 결코 아니다."라는 말을 하고 싶다. 그리고 비록 이런 녹록하지 않은 농촌의 현실에도 불구하고, 나는 시골살이를 희망하며 빠른 시일 내에 이사를 계획하고 있단 사실을 덧붙인다. 귀농·귀촌자들이 이방인이나 문제적 이웃이 아니라 살기 좋은 농촌 사회의 열성분자로 살아가는 사례가 더 많아지길 꿈꾸며….

새길을
찾는다는 것,
결국 나와 새로이
마주하는 일

짧다면 짧고, 길다면 긴 6주간의 여정이 끝났다. 그 과정을 기록으로 남기는 일을 난 너무 하고 싶었지만, 동시에 아무것도 쓸 수 없기도 했다. 귀농·귀촌에 관심이 있거나 도시 밖의 삶이 궁금하지만, 현실적으로 6주라는 긴 시간을 투자해 교육을 받을 수 없는 친구들과 내가 배운 것을 공유하기 위해, 그리고 주변 사람들을 설득하기 위해 글을 써야겠다고 생각했다. 하지만 교육을 받으면 받을수록 스스로 귀농·귀촌이 맞는 선택지인지 갈팡질팡하게 될 때가 많았고, 이미지로 혹은 판타지로 귀농·귀촌을 다루는 이들에 대한 비판을 들을 때는 내가 그중 한 명이 되는 것이 아닌가 하는 회의감에 빠져서 글을 쓰기가 두려웠다. 그러다가,

'내 글이 뭐라고, 아무것도 아닌 내 개인적인 생각들을 정리한 건데 이게 뭔 영향을 주겠어!'

라고 자만심을 버리고 오로지 나를 위한다고 생각하니 그제야 글이 써졌다. 농촌생활학교에서의 교육은 의식주와 연관된 일상에 대

한 것들이었지만, 매 순간 낯설었다. 돌이켜보면 살면서 받은 수많은 교육 중에 내 일상을 채우는 삶의 기술을 배운 적은 없는 것 같다. 그러니까, 이번 교육은 내 삶과 직접 연결된 내용이라 정리하는 데 시간이 오래 걸렸다.

ppp

2016년 9월 5일부터 10월 14일까지 총 25일 차 교육을 들었다. 그리고 나는 총 22일 차 교육을 정리해 글로 남겼다. 빠진 3일 차 교육도 의미 있고 알찼지만, 그 내용을 잘 표현하기엔 내 재주가 부족한 영역들이라 남기지 못했다.

11일 차에는 농촌에서 살기 위해 꼭 필요한 기술 중의 하나인 나의 몸을 돌보는 침과 뜸에 대해서 배웠다. 기본적인 우리 몸의 혈 자리를 배우고 우리가 흔히 겪는 증상들을 완화하는 데 도움이 되는 침이나 뜸을 직접 놓고 맞아도 보는 실습을 했다. 농촌에서는 주로 몸을 쓰는 일이 많아서 자주 다치거나 아플 수 있는데, 병원이 가까이에 없으니 병원에만 의존하기보다 스스로 몸을 돌봐야 한다. 그래서 마련된 수업으로 실제로 큰 도움을 받았다. 요즘도 종종 응급처치법으로 사용하곤 한다.

18일 차와 19일 차에는 순창 귀농 선배 농가들을 방문했는데 특정 작물에 대해서 배운 것을 세세하게 기록하는 것은 내 글의 전체적인 취지와 맞지 않아 제외했다. 그럼에도 불구하고 능력 있는 여성들을 만났던 이야기나 자신만의 귀농·귀촌 철학을 뚜렷이 가진 선배들의 이야기는 아주 인상적이었다.

3일 차 강의록이 빠지긴 했지만 나는 25일간 매일 밤 하루를 돌아보면서, 마치 고교시절 복습을 하듯이 그날 교육의 핵심 주제를 뽑아내곤 했다. 그 핵심 주제는 다음과 같다.

1. 막막할 땐 시스템에 의지하자.

2. 초심을 구체적으로 기록하자.

3. 환경을, 다음에 올 사람들을 배려하자.

4. 피할 수 없는 욕망은 미루지 말자.

5. 가장 귀한 보물은 바로 나의, 사람의 손임을 기억하자.

6. 땀 흘리며 일할 때의 희열을 느끼자.

7. 감격스러운 마음으로 '시작하는 생명체'를 마주하자.

8. 느림의 가치를 체감하는 연습을 하자.

9. 나에게 적당한 기술을 찾자.

10. 문명의 편리함 대신 자유로운 자립을 선택하자.

11. 욕심을 줄이고 몸과 마음을 돌보자.

12. 예방주사는 아프게 맞자.

13. 창의적이고 협동적인 가치를 좇자.

14. 선배, 그 길을 먼저 가는 사람들을 만나자.

15. 노동의 찬가를 겸허한 자긍심을 가지고 부르자.

16. 뭐니 뭐니 해도 내가 재미있는 것을 찾자,

　　　그리고 그걸 하며 살자.

17. 내가 선택한 지역을 최대한 알고 이해하자.

18. 나를 지탱해 줄 나만의 농사 철학을 갖자.

19. 어디서나 각자의 몫을 찾자.

20. 흙을, 자연을 믿자.

21. 지역사회와 연결되어 살아가자.

22. 실패는 두려우니, 힘이 되어줄 사람들을 만들자.

23. 적게, 그러나 나만의 것을 소유하는 습관을 기르자.

24. 기쁨의 순간은 오롯이, 함께 즐기자.

25. '부끄럽지 않은 밥상'을 꿈꾸자.

이 25가지의 날별 주제를 모아 보니 마치 귀농·귀촌을 꿈꾸는 내가 갖춰야 하는 덕목들이나 노력해야 하는 행동 목록 같다. 농촌살이를 앞둔 내게는 이 25가지 지침들이 시험 전에 요약정리한 참고서인 셈이다.

ppp

나는 교육에서 '성공한 귀농을 위한 농사 비법'을 알고자 했거나, '귀촌해서도 밥벌이하며 사는 법'에 힌트를 얻고자 한 것이 아니었다. 그저 '도시가 아닌 도시 밖 세상에서의 삶'이라는 새길을 찾고 있었다. 새길을 찾는다는 것은 결국 새로이 나와 마주하는 일이었다. 새로운 길을 선택하기에 앞서 '내가 정말 원하는 것이 맞는지, 내가 이런 삶의 방식에 적응할 수 있는지, 그 환경에서 행복할 것인지' 등등을 매 순간 들여다보는 나날이었다. 내 삶에서 나를 새로이 마주하는 일이 필요했던 시기가 아니었을까 한다. 그리고 그 과정을 마친 나는 녹록하지 않을 새로운 길을 떠나기 전에 숨을 고른다.

새로운 길 찾기에 나선 내가 받은 두 선물, 장미꽃과 고추장. 둘 다 붉디붉어 생명력이 느껴진다. 숨 고르기가 끝나면 뛸 수 있을 것 같다.

장미꽃과 고추장, 농촌생활학교 수료식이 있던 날 받은 잊지 못할 선물들

미주 리스트

[1] 야크 킬미&레나르트 라베렌스, 〈아웃 오브 패션〉, 2015

[2] 시오미 나오키 지음, 노경아 옮김, 〈반농반X의 삶〉, p.29, 더숲, 2015

[3] 농림축산식품부, "14년 식량자급률 2.3%p, 곡물자급률 0.7%p 상승", 2015년 3월 30일 자 보도자료

[4] http://foodsecurityindex.eiu.com/Index

[5] 전환기술사회적협동조합 홈페이지, http://www.kcot.kr

[6] 히라도라 활용모습, http://www.core77designawards.com/2012/recipients/giradora-safe-agua/

[7] 이경선, 〈국경 없는 과학기술자들〉, p.73, 뜨인돌, 2013

[8] 위의 책, p.38

[9] E.F. 슈마허 시음, 이싱호 옮김, 〈작은 것이 아름답다〉, p 196, 문예출판사, 2002

[10] 한국농업신문, "무턱대고 가면 '귀농거지… 자금 세부계획 세워야", 2017년 2월 7일 자

[11] 매일신문, "도-농 교류 넓히는 농산물 꾸러미- '농산물 꾸러미'란?", 2013년 10월 3일 자

[12] 이케다 하야토 지음, 김정환 옮김, 〈시골 빈집에서 행복을 찾다〉, p.67, 라이팅하우스, 2016

[13] 프레시안, "불 좀 때본 人, 화덕을 말하다", 2014년 12월 5일 자

[14] 삼선복지재단&삼선배움과나눔재단, 〈청년: 농촌에 바람〉, p.12, 2015

[15] 한겨레, "청년에게 공정한 출발선을② 탈조선… 29살 청년은 호주서 농장을 탄다", 2016년 1월 3일 자

[16] 이반 일리치 지음, 허택 옮김, 〈누가 나를 쓸모없게 만드는가〉, 느린걸음, 2014

[17] 오마이뉴스, "덴마크 부모는 청소부 아들이 자랑스럽다", 2015년 10월 21일 자

[18] 이케다 하야토 지음, 김정환 옮김, 〈시골 빈집에서 행복을 찾다〉, p.177, 라이팅하우스, 2016

[19] 삼선복지재단&삼선배움과나눔재단, 〈농촌으로 이주하는 청년층의 현실과 과제〉, p.6, 2015

[20] 연합뉴스, "어설프게 덤볐다간 낭패… 귀농인 10명 중 1명 짐 싼다", 2017년 2월 4일 자

[21] 뉴시스, "전국 CCTV 26만4476대… 인구 195명당 1대", 2015년 9월 10일 자

[22] 쓰지 신이치&가와구치 요시카즈 지음, 임경택 옮김, 〈자연농, 느림과 기다림의 철학〉, p.104, 눌민, 2015

[23] 삼선복지재단&삼선배움과나눔재단, 〈농촌으로 이주하는 청년층의 현실과 과제〉, p.24, 2015

[24] 한국일보, "소농은 인류와 자연을 살리는 삶의 새로운 대안", 2016년 6월 14일 자

[25] 기무라 아키노리&이시카와 다쿠지 지음, 이영미 옮김, 〈기적의 사과〉, p.120, 김영사, 2009

[26] 시오미 나오키 지음, 노경아 옮김, 〈반농반X의 삶〉, p.47, 더숲, 2015

[27] 법정&류시화, 〈살아 있는 것은 다 행복하라〉, '하늘 같은 사람', 조화로운삶, 2006

[28] 서울신문, "폐비닐 연 30만t 발생… 수거율은 58% 그쳐", 2016년 12월 7일 자

[29] 한국농어민신문, "이래도 귀농하실래요?", 2016년 4월 19일 자

[30] 서정홍, 〈부끄럽지 않은 밥상〉, 뒤표지, 우리교육, 2011

[31] 서정홍, 〈내가 가장 착해질 때〉, '내가 가장 착해질 때', 나라말, 2012